水辺にて

在水边

〔日〕梨木香步 著　　秦衍 译

人民文学出版社
PEOPLE'S LITERATURE PUBLISHING HOUSE

著作权合同登记号　图字 01-2017-4489

Original Japanese title：MIZUBE NITE
Copyright © 2010 Kaho Nashiki
Japanese paperback edition published by Chikumashobo Ltd.
Simplified Chinese translation rights arranged with Chikumashobo Ltd.
Through The English Agency(Japan) Ltd.

图书在版编目(CIP)数据

在水边/(日)梨木香步著；秦衍译．—北京：
人民文学出版社，2018
（远行译丛）
ISBN 978-7-02-013613-1

Ⅰ.①在… Ⅱ.①梨… ②秦… Ⅲ.①散文集-日本-现代　Ⅳ.①I313.65

中国版本图书馆 CIP 数据核字(2017)第 322399 号

出 品 人　黄育海
责任编辑　朱卫净　潘丽萍
封面设计　汪佳诗

出版发行　人民文学出版社
社　　址　北京市朝内大街 166 号
邮政编码　100705
网　　址　http://www.rw-cn.com
印　　刷　山东临沂新华印刷物流集团
经　　销　全国新华书店等
字　　数　97 千字
开　　本　890 毫米×1240 毫米　1/32
印　　张　5
插　　页　5
版　　次　2018 年 4 月北京第 1 版
印　　次　2018 年 4 月第 1 次印刷
书　　号　978-7-02-013613-1
定　　价　42.00 元

如有印装质量问题，请与本社图书销售中心调换。电话：010-65233595

目 录

1　　风之边界（一）
7　　风之边界（二）
13　　水之乡　坚韧性格（一）
19　　水之乡　坚韧性格（二）
24　　发信息、收信息，穿越丛林
32　　不老之国（一）
40　　不老之国（二）
47　　不老之国（三）
54　　海豹姑娘（一）
60　　海豹姑娘（二）
65　　海豹姑娘（三）
70　　河流之息　森林之音（一）
78　　河流之息　森林之音（二）
88　　河流之息　森林之音（三）
98　　水的边界线
108　　来自大海
114　　关于"杀气"

122 缓缓地
130 隐国之水（一）
141 隐国之水（二）
147 形单影只、默默伫立

153 **引用文献**
154 **后记**

风之边界（一）

长久以来，我一直相信，对水边的玩乐如此着迷，绝对是受了亚瑟·兰塞姆①的影响。

当我初次遇见温德米尔——英国湖区的最大湖泊，亚瑟·兰塞姆小说中的主人公罗杰、约翰、苏珊和提提的"航行"之夏便栩栩如生地展现在我眼前，令我心潮澎湃。然而，现实中的温德米尔已经完全沦为旅游景点。

不久，我移情别恋于英国湖区更北、海拔更高的孤寂的巴特米尔湖，但还是温德米尔湖更适合风。蓝色湖面上处处白帆飘扬，优雅的空气在流动。在自己说出"温德米尔"时，或者听到他人发这个音时，会感到清风吹拂水面般的喜悦，它是风之湖（然而，在说出"巴特米尔"时，仅仅凭这个发音无法令人陶醉）。拂过水面的风，仿佛在构筑一道边界。不仅限于湖区，在我曾经在泰晤士河、剑河、乌兹河水边度过的记忆中，也如此（在日本，也的确有关于风与水的文化的体验与记忆。

---

① 亚瑟·兰塞姆（1884—1967），英国作家、记者，代表作为《燕子号与亚马逊号》系列。下文提到的罗杰、约翰、苏珊、提提即该系列的主人公。

在本书中，我打算也记录下这一切）。而且，在此我无法一一细述来源于我人生中几次预兆的对于湖泊、河流、大海等水边的憧憬，如同病毒一般深深潜伏在我体内，等待发病的一刻。因此，在一个偶然的机会我接触到了皮划艇，我马上意识到："啊！这要耗费我相当的精力了。"

柯亚克皮划艇，这个名字有一种充满野趣的力量。暂且把我所知道的这种"船"的知识稍作整理。

这种水上航行工具也有一些被称为独木舟。笼统地说，独木舟主要是北美的土著民族（数百个土著民族制作的独木舟也是各式各样的）用树木制作的甲板呈开放式的船。而柯亚克皮划艇往往是由居住在北极地区的爱斯基摩人设法用漂流的木材和鲸鱼骨制作船架，覆盖上海豹皮毛，甲板是封闭式的，舵手需半身坐入船舱。当然世界上也有类似的交通工具，都是人们对日常生活中的东西稍加改良，使其漂在水面上，令人感到有趣。

现在容易买到的是，像鲣鱼干一般坚固塑形的"刚性船"。另外一种是折叠式的，或者称为折叠船。它用铝管和木制骨架搭建类似柯亚克皮划艇的鲸鱼骨船架，覆盖上代替海豹皮的橡胶或布罩。（据说）只要稍有力气，便能轻而易举地搬运。因此，现在开始我把折叠船称为皮划艇，但其实并没有刻意进行严格区分。

折叠船也有各种各样的，有的轻便且价廉物美，有的正规结实，可以航行在波涛汹涌的大海上。我最初购买的属于前者（后文也会提到，对我而言，这个大小和重量勉强可以举起）。牌子为"旅行者"，这个名字无可挑剔（以前读过一篇关于"旅行者"的文章，我非常喜欢）。所以无需将它重新命名为"燕子"或"亚马逊"，这也是我中意它的理由之一。

"旅行者"号宇宙飞船航行在前人未到过的宇宙空间中。孤单一人，坚持循规蹈矩地报告自己的所见所闻。即便地球消亡，他也坚持尝试通讯。即便知道无人接收，即便知道对方无法"准确"地接收，也悲壮地持续发出讯息。"旅行者"号对我而言，一直是这样半拟人化的孤独的"记号"。

组装折叠船的过程（尤其是最初，也许由于不习惯把一根根骨架弯曲或构形，组成船架，骨架显得特别坚硬）常常令力气不足的我筋疲力尽，想尽办法，最终无计可施。把一根根独立存在的物体拉直、弯曲、连接，组成一个整体、一个近似纺锤形的船架。只要默默地持续制作，我的作品就会渐渐地初具雏形。看到它如同小小的鲸鱼或海豚的骨骼标本，让我充满成就感，满心欢喜。这是一种结构美。

在现场组装时，在无人的岸边独自一人、放空心灵地默默组装时，我心中充满了成就感和充实感。这个过程甚至仿佛是准备船只下水的庄严仪式。

不过，我独自勉强组装成功，也要感谢B皮划艇中心的工作人员的悉心指导。尤其是看到店主K先生细致地把盖板边缘折起来的手势，如同茶道或弓道中的动作，能感受到他对"皮划艇这种工具"的敬意和热爱。也可能由于我去购买的时候不属于高峰时节，工作人员有较多闲暇，所以才花了很多时间来指导我。

对于力气不足的（再次重复当然不是为了夸耀，而是为了强调我个人的特殊情况）我来说，最大的烦恼是，划累了上岸以后，不能马上分解皮划艇。而且，单独一人也无法放到车上。无奈之下，只好采用一种不彻底的偷懒办法，用尽力气把"旅行者"号的外皮剥掉，只留船架，以减轻重量，然后一点点地推到车顶上。（人们都惊讶：既然都整理到这个程度了，为什么不最后完成呢？因为，真的，没有，一点儿力气了。）外皮放在车里。汽车载着仅剩船架的皮划艇奔驰着，我能感受到对面开来的车里人们惊讶不解的目光。

他们的疑问如同波浪一般冲击着我。

……这个可能是抽象艺术的雕塑在运输途中。

……不不，这是什么东西的"一部分"。这一点能明白。但到底是什么东西呢？

我站在他们的角度考虑问题，然后准备好答案的波浪。

……"一部分"，的确是的。这是仅仅由线条构成的一个宇宙。而且，它也是构成更大宇宙的一部分。这是具有实用性的工具，也是最不具有实用性的美观雕塑……

最初，在走投无路之际，脑中闪现这个办法（只搬运船架），当时还颇为得意。但我担心在驾车途中，船架会在颠簸中支离破碎地散开，所以事先向K先生咨询了一下。他回答，只要正确组装了船架，应该不会散开。尤其是DF管和DR管需要牢固地扣上。而且他从前就见识过我的力气不足（我又啰嗦了），称赞我说"需要是发明之母"，所以我有了信心付诸行动。

然而，如果能不加以拆分、把整个皮划艇搬上车顶，那是再方便不过的了。我考虑去健身房锻炼身体以加强体力，但又想到人生苦短，在我获得我所需要的肌肉之前，需要满足的要求会越来越多，难以招架。一听到"电动车架"开始销售，我觉得这就是为我设计的，马上决定购买。（话虽如此，通过这一连串的事件，我自我感觉还是加强了肌肉力量。因为在日常生活中马上切身体验到了。）

当时电动车架还刚刚开始销售，我应该是第一个在这个皮划艇中心购买的顾客。因此，车架本身也在不断完善之中（之后的车架的确进一步更新换代了），本来认为它的形状不适合安装在我的车顶上，但K先生和工作人员T想方设法把车架杆子装成井字形，在一个雨雪交加的日子，耗费了整个下午进行安装。

在严寒下，可怜的T手指都冻僵了。而且，始料未及的种种困难不断发生，每次都要重新拆除好不容易拧紧的四处螺丝，从头来过。

如果是我，干到半途又要从头来过的话，一定会不死心地磨磨蹭蹭，坚持同样的办法做下去，设法使之前的努力不至于白费。当明白实在不行的时候，又会沮丧难过地半天动不了。因为我在生活中也是如此。

K先生的工匠精神、诚实的工作态度以及T的建议令人感动。他冷静地判断这样不可行，迅速改变方法，马上积极地提出解决方法。准确地判断情况、为了达到目的而制定出有序的工作程序，都符合皮划艇专家的特质。

到了傍晚，电动车架终于启动了，我们沉浸在成功的喜悦之中。（其实我只是帮忙寻找滚落的螺丝，心怀佩服地旁观，觉得冷了就躲进店内看书。）

"如果平时想要拆除的话，该怎么办呢？"

我看着这个新设备问道。因为考虑到有时会开车进入低矮的停车场。而且，我本人性格也不喜欢受人注目。

K先生和小K顿时面露难色，面面相觑："要拆除这个，不太容易哦。"

然后，他们给了我几个建议。随后，在去二楼（店铺在二楼）的楼梯上，小T用一种劝服孩子下决心的口吻，对跟在后面的我说："这样安装好以后就不要再拆掉了，您应该作为一个皮划艇者，改变以往的生活方式。"

刹那间，我感到，这是如同从上天传来的启示，不由得点头表示同意……

风之边界（二）

在高空五千米附近，零下三十六度的强冷空气向着日本西部南下。受其影响，以日本东北部地区、东部地区、西部地区的日本海沿岸为中心，大风和降雪将进一步加强。强冷空气进入日本附近，预计会持续到明后天。

尽管天气预报这么报道，但我依旧去了水边。这里是拥有四百年以上历史的运河，河水基本保持静止。其他河流湖泊易受风的影响，而这里很适合新手。然而，寒风吹在手和脸上，隐隐作痛，愈来愈冷。与附近有名的大湖相比，这里也包含内湖，周边没有庞大的建筑物，因此天空广阔，白云流动，清晰可见。芦苇荡里的芦苇在寒风中互相倚靠着瘦弱的肩膀，水鸟频繁地进进出出。有些地方甚至结了薄冰。从高空五千米处开始，寒冷空气穿透了好几层大气层，到达了这儿。

这是来自西伯利亚的寒冷空气。

俄罗斯的贵族老妇人们穿着领口紧束的绸缎正装，坐在马车里，车队庄严隆重地驶向南方。这已经是第几批了？她们已经冻得寒彻身骨，再也不能忍受冬天的寒冷，每年必须外出避寒。

虽然想热情地迎接她们,但面对尊贵的老妇人们,做好准备并非易事。途中,各地的风神们慌慌忙忙地让路。

细小锐利的冷风慌慌张张地掠过脸颊。任性无常的白色雪花飘落下来,仅仅一片。我伸手想去接,由于坐在皮划艇上,动作幅度不能太大,因此没有抓到。我目送雪花飘走,想着:这是风之花。贵夫人们为了排解旅途的无聊,采撷了日本海的风之花吧。她们把最喜爱的美丽坚强的风之花高高拉上天空,穿越若狭街道①。

我抬头仰望浅色的苍穹。

大约,是在那一缕卷云的下方。

拥有悠久历史的这条运河,如同有生命一般,延伸着手脚,环抱出几处静水区域。也许这里是最古老的群落生境。部分区域甚至发生了富营养化。也有一些区域与其说是运河,更像沼泽地。不管怎样,最终还是通往大得可以称为"海"的大湖,因此没有显著的水位变化,整体的植被相对稳定。不仅是芦苇荡。

由于几乎没有水流,我在不起风的时候,放下船桨读书。选择面积稍大的"沼泽地",以防万一其他船过来。沙拉、沙拉、沙拉,微风拂来,枯萎的芦苇立刻沙沙作响,越发衬出周

---

① 若狭湾至京都、运送海鲜的重要通道,全长约71公里。

围的寂静。

一片寂静。

倚靠在靠背上，沉浸在阅读之中，时而忘记了自己置身于何处，回过神来，已经漂到了芦苇荡深处。事已至此，只好用船桨像滑草一般划动，"旅行者"号的船底发出咯吱咯吱的声音，最终划出芦苇荡。

在这种陷入麻烦的情形下，我不觉抬眼一看，看到了远处岸边草丛中的白色羽毛。啊！我不由一惊。

以前，在来这儿的半路上，我驾车行驶在高速公路上，只见前方道路上有白色物体。我不敢相信，但看似是天鹅。至少不是鸡。它看上去像是蜷缩着身体的天鹅。我确认了旁边的车道没有车，赶紧转动方向盘避开了，但不明白那只白鸟到底为什么坠落在此。是在运输过程中从卡车上掉落的，还是在迁徙中由于事故或疾病而无奈坠落的？我心中充满疑惑，但到达运河以后就完全忘记了这回事，划了一阵看到对岸大雁群中的白鸟。跟天鹅比起来，它的脖子较短，跟鸭子比，体型又太长。我有一种奇怪的感觉，好像刚才倒在高速公路上的天鹅复活了，并追赶过来了。（我清楚地知道这不可能，但出于职业习惯，我往往会浮想联翩。）当时白鸟马上消失了，因此无法确证。

现在我隐身于芦苇荡中，取出望远镜，细细观察。

奇怪！不可能。但是，也许……这不是白雁吗？！我有点兴奋。不会吧。鸭子？不，嘴喙是粉红色的。真的浑身雪白。它应该叫作雪鹅。

我马上把书本抛在脑后，紧盯着白雁（？）。它没有下水，在陆地上啄食着周边的草根。真希望它能下水一游。

白雁（？）最终和大雁们一起腾空而去，飞向了微明的天空。真像一场梦。是我糊涂了？仿佛从哪里金蝉脱壳般穿越过来了。我无法相信自己的眼睛，一时间茫然若失。然后，我才开始大胆用力地划动"旅行者"号。

宇宙飞船"旅行者"1号现在应该位于太阳风（the solar wind）勉强能触及的边界上。宇宙是真空的，因此太阳风也不像自然风一般舒适，而是日冕沸腾放出的带电粒子流的强烈热量"波浪"，它消失之处便是太阳系的边缘。2000年是太阳活动极大年，太阳风的速度比"旅行者"号的惯性航行速度更快。现在太阳活动正在转向极小年，速度也放慢了。观测卫星SOHO发送来的数据显示，太阳圈是明显歪曲变形的，而"旅行者"号至今还逗留在伸长的区域内。"旅行者"号能否追赶上，还是已经追赶上了，或是已经脱离了太阳磁场的影响范围？

我读过美国国家航空航天局（NASA）的"天文·每日一图"（APOD，全称为Astronomy Picture of the Day）中的一段文字："（'旅行者'号）正在面对的是不断变动的边界。"对我而言，"边界"一词是具有象征意义的，因此读到此处，不由得吃了一惊。

变动的边界!

太阳系的"边界",也是太阳风骤然减慢速度的部分,叫作"终止冲击波面"。这也是通过"旅行者"号获得的新知识。我对这个新词一见钟情(我也不明白为什么这样高兴;从孩提时代开始,每当新学到一个喜欢的词语,我就兴高采烈),以至于每天不断念念有词地重复着"终止冲击波面、终止冲击波面"。

……"旅行者"号现在正要冲破终止冲击波面。

我深深感觉到,"旅行者"号现在努力突破的情形,正如同地球上的人类。

"旅行者"号现在正要冲破终止冲击波面。

这一定是在无法想象的高速世界里,在具备各种复杂条件的情形下(因为这里是"边界"的那边和这边"相互交汇"的地方!),像"在水中航行的船"(引用APOD)一般,在进行航海。

今天高层云遮盖了半边天空,透过云层,太阳隐约可见。正是朦胧月夜的白天版本。在淡淡的阳光下,湖面上的粼粼微波闪烁着淡淡的金属般的美丽光泽。如同把金纸银纸切成小而细长的等边三角形,两个一对地层叠起来,几百几千个同时在闪耀……闪烁着、闪烁着……

以前,看见水面上反射出圆形的光环,觉得不可思议:"为什么会这样?"当时指导我划皮划艇的人告诉我:"进入那个光圈,你就知道那里有风。"我实际体验了一下，果真如此，非常感动。

但是，今天这神圣的光芒是怎么回事？

我想到了《阿伊努神谣集》中的一句："银色水滴，金色水滴，滴落滴落。"我想一直注视着这幅美景，但还是下定决心进入这个禁区。"旅行者"号冲破了终止冲击波面。我模仿亚瑟·兰塞姆小说中帅气凛凛的主人公们，轻轻地念了一句后，用力扳动了船桨。我能感受到日光融入了干燥的风，沐浴我的全身。我再次轻声说："这是我的'旅行者'号的太阳风。"——the solar wind。

小小精灵们似乎在咯咯地笑着。随着波浪，自己也仿佛被棱镜折射开来，仿佛被无机化了，这是一种干爽的无上幸福。

水之乡　坚韧性格（一）

前方，漂浮着一种物体。

原本是白色的，那种象牙白由于绿藻或其他汁液的长期浸泡而变色，如同上了一层绿釉。但形状分明就是……

我一看，不由小声地说："哦，那是骨盆。"

为什么从上风处会有一个骨盆轻轻漂浮过来？我粗略考虑了几种可能性，在此不一一赘述了。从远处看了一眼，稍稍划动船桨绕到旁边，再绕到对面，慢慢靠近，然后陷入思考。那个物体仍然看似骨盆，但估计是我看错了。这一带很少看到垃圾，但在这样的强风下，可能是从别处吹来的。骨盆形状的泡沫塑料或者塑料袋，通过我的视神经到达大脑内部相应部位之前，我自己编造了一个故事吧。真是受不了。

我这么想着，却没有放松警惕，绕路离开。途中还是挂念着，把皮划艇转过方向，再次仔细凝视。

"果然还是骨盆。"我想。

不同于险峻的原始山脉，有一些山坐落在人们居住的村落附近，依偎着村民的日常生活，大山的自然景观和谐地融汇于村落。有人称之为"后山"。我遭遇到骨盆（！）的地方也风景秀丽，而且名如其景。但这是一个非常有名的地方，考虑到种种因素，在此我不提及这个名字。

从古至今，人们与水和谐相处、共同生存在这充满自然的运河。

日本的美丽水乡。

以前，我在英国埃塞克斯的农村，看到在种植农作物之前的黝黑广大的农田上飞来了不少海鸥。我留意到这个情景，在遇到一个对此十分熟悉的朋友时，提出了问题："埃塞克斯是远离大海的内陆，为什么会飞来这么多海鸥呢？"

"作为肥料，会在土地里撒鲱鱼等鱼。"她爽快地回答。

"闻到鱼腥味，它们会从几百公里外飞来？"

"对。一直往东方去，是北海。那对面是日德兰半岛。海鸥从日德兰半岛的西部海岸出发，飞过北海上空，飞过多佛尔海峡和英吉利海峡的上空，最后到达比斯开湾。这里大概是它们飞行的途中吧。"

然后，她提到了几个欧洲大陆和非洲大陆的半岛和海湾的名称，介绍了海鸥如何自由自在地在空中旅行。

当时我初到英国，还没有细看过英国的大海。于是，对"北海"一词感到了深深的魅力。一直往东方去，就是北海！对啊！我马上决定了下周末的日程。先乘坐巴士到伊利，在那儿住宿一晚，游览一下这个小城。然后在那里的巴士终点站坐巴士到距离大海最近的地方。虽然要花两天时间，但在英国即便在最偏僻的农村也能找到B&B（包含住宿和早餐的小客栈），总有办法的。或者搭乘列车到终点站国王林恩（King's Lynn）站。

这中间的过程略过不表（并不是为了省事，而是担心自己一旦开始，就会头脑发热，没完没了地写下去），我最终达到了目的，初次见到的北海接近灰色，如同一个凝视远方、形容枯槁的异国老人（只是这次偶尔如此感到；此后也几度看到北海，时而如同少年，时而如同青年）。我喜欢那种风景。飞翔的鸟儿大多是白鸽和鸬鹚，海鸥并没有想象的多。然而我被去北海途中"这一带"的神秘边境的氛围深深吸引。在地图上这块英国东部的突起部分，用跃动的斜体字写着"Fens"，如同印上了"未勘察"的标记一般。Fens——沼泽地。这种不可思议的氛围难以用语言表达，我执拗地多次踏上这片土地。我的整个一生似乎都保存了这样的习性，一旦遇到不可理解的事物，就固执地想方设法去理解。

每当学校安排周末短途旅行，准备了开往东部的小客车，我就请求司机把我顺路载到附近的城镇。这片土地绝对不会成为旅游胜地。沼泽地的天空如同画在低矮天顶的壁画，河流、大海和土地不可思议地互相交融，海风毫无顾虑、肆无忌惮地呼啸着，这种种感觉我无法找到合适的词汇表述，因而一直感到轻微的焦躁。

直到我阅读了格雷厄姆·斯威夫特的《水之乡》，这种感觉才能明确地表达出来。（其间多少年过去了啊！）

这本厚厚的小说完全是关于"沼泽地"的。那些令人怀念的当地地名，好似公交车时刻表、天气预报、亲朋好友间交流的当地信息一般，时时出现在书中，仅仅这些就让我激动万分。《观察家报》的书评如此写道："此书鲜活地描写了'世界上最接近"无"的风景'的奇妙与其不可估量的作用。"

介绍真是简洁又精确。

读完小说以后，我终于从长久以来的焦躁感中解放出来，第一次感觉到理解了沼泽地的本质。这不是一本科学读物，但是如同其他基础稳固的小说一般，对于沼泽地的历史（同时对地质）进行了充分的考察。这是一个关于生活在这片土地上的生命、自古居住生息在这里的主人公一族的故事。由于乱伦而出生的长子的生与死纠缠在沼泽地的水中，这是何等的相似又悲伤。好像一半是人、一半是鱼，浓浓地散发出"冰冷潮湿的烂泥般的，但痛切又带有乡愁"的气息。

"关于沼泽地最重要的事实是，这是排水开垦的土地，以前是水下的土地，现在也没有完全干涸……形成沼泽地的是沉淀的泥土……形成陆地，又崩塌。反复地建起，又毁坏。堆积和侵蚀在同时进行。没有发展，也没有衰退……沼泽地的问题从古至今一直是排水的问题……排水开垦究竟是不是人们所期待的？对于靠水吃水、不需要脚踩大地的人们，答案是否定的。渔夫、捕鸟者、割芦苇者，他们在不易生活的湿地中建起湿答答的小屋，涨水了就踩着高跷，如同水老鼠一般地生活。如果在中世纪，他们会由于破坏堤岸而被捕，活埋在自己造成破坏的地点。他们会割断查尔斯国王从荷兰召集来的排水工程工人们的喉咙，将这些雇用来的治水工人的尸体抛到水中。对他们来说，排水开垦并不需要。"

这里的"他们"正是主人公的祖先，"他们"不久放弃了成为"水之人"，而成为"土之人"。沼泽地现在也在继续萎缩和下沉。几千英亩的农地浸水了。这样的历史不断地重演着，"他们"成了地上的水渠工人。

"也许他们并没有放弃成为水之人，只是成了两栖人。因为从事土地的排水，也和水密切相关。需要了解水的习性。他们虽然尽力保卫土地，但在内心深处，洪荒太古有史以前的这片水域，才是自己真正的归宿。

"在努力征服水的同时，要意识到，有一天它会卷土重来，此前的一切努力都将化为乌有。孩子们，水这种物质无色无味，拥有将万物化为平坦的本性，它不就是液体状的'无'吗？而且，在平坦这一属性上沼泽地的风景与水颇为相似，在全世界的风景中，它是最接近'无'的。沼泽地的人们谁都在内心认同这一点。沼泽地的人们无论是谁都时常会产生一种错觉，自己脚底的土地并不存在，土地在轻飘飘地游离着。"

我为什么着迷似地屡次来到沼泽地？这其中有个值得一提的"故事"。话语如同水栖生物一般埋藏在泥中。整个土地都渴望着故事。这个信息如同母鸡呼唤小鸡的声音一般被传达出来，我只不过捕捉到了它。但是，要将这个信息明确表达出来，远远超出了我的能力范围。因此，这只是一个我内部的信息。我感到了焦躁和不完美，一味想从这个信息中解脱出来。最终，竟然有人代替我完成了这项艰巨的任务，实在令人无比喜悦。

思考，并将思考组织成文字，是一场严肃的较量，是与思考对象展开的"近身"较量。

因为，一位相熟的编辑曾提出，我究竟能否划着皮划艇去沼泽地的运河？能否在沼泽地进行如此"近身"的深度思考？面对着甚至不知道水流方向的一潭止水，我还是畏怯了。我无法和沼泽地进行"近身"交流。因为当时的我不够坚韧。我真希望我足够坚韧，能够对抗沉淀的止水。如果这样，我会加深对这个世界的理解。那时我这么希望着。

这个故事也令我想起，乘坐皮划艇漂浮水面体验到的丰富自然也具有其另一面。那是一直潜藏在灵魂深处的感受。正是这种感受将我吸引到水边，体验其不断的魅力。

是的，水边，让人感到无限的"无"。

水之乡，无论在哪个国家，都有着富饶的一面，同时也隐藏着寂静沉稳的"死"。

在波光粼粼的湖面划船、在"绝对安全"的运河划船时，绝对安全的背后，总有一缕绷紧的线一般的紧张感，让人想起剃刀。如同水边游乐的通奏低音，从头至尾纠缠不休。这一缕线，由生的富饶与喜悦、死的昏暗与宁静，和谐地揉搓而成。

因此，我在日本这个美丽的水乡发现了骨盆，也并非无法理解。

水之乡　坚韧性格（二）

从温德米尔北上进入苏格兰，洛蒙德湖周边与人类地图上的划分不同，依然是绵延的湖沼地带，感觉是北部水乡的边缘。

学生时代我试图一睹其风采，独自一人下了火车。踏上这个偏远的站台，环顾四周，只见荒原上稀疏地点缀着的山羊盯着不速之客，云彩在眼前缓缓流淌。

从车站沿着笔直通往远方的路一直走，看到了B&B的小小招牌。看来也找不到其他住宿的地方了，我马上走到门口，进行了入住登记。小客栈里是一个体弱无力的老人和他不成熟的孙子。"洛蒙德湖在哪儿？"我询问道。老人忽然恢复了生气，连连点头，走到门外，用手指了指渐渐下沉的道路尽头、空荡荡的地方。很快已是日落黄昏。于是，我在房间把行李一放，朝着那个方向走去。

岸边正是风景秀丽的"Bonnie Bank"[①]，如从前英国风景画家所画的一般，巨大的橡树覆盖着湖面，留下大大的影子。湖面的水波轻柔地拍打着小小山崖（现在写下这段文字时，我发

---

① 意为"美丽湖畔"，源自歌曲《洛蒙德湖的美丽湖畔》。

现自己一边在脑海中描绘那幅景色,一边在细细寻找是否有可以划皮划艇的地方,不由得苦笑一声),山崖上方是当地历史悠久、地位尊贵的石砌庄园豪宅。柔和温暖的光线透过湖畔的法式大窗户。似乎里面在举行晚会,身穿裙装和晚礼服的宾客们在谈笑着。周围渐渐笼罩在夜幕下,窗户内的世界如同彩色玻璃般愈发醒目。这好似神话故事中的景象。在走向岸边的途中,我发现这家庄园是一家酒店。我心中希望,等手头宽裕的时候,一定要成为窗户内侧的宾客。虽然,我的性格基本上不适合参加宴会。之后,我也有机会进出更大酒店的宴会,也有机会身着长裙,但这些都无法满足我当时对这个位于偏僻乡村的小小酒店的憧憬。矗立在湖畔的古老邸宅,我曾见过无数更高雅的,比如在意大利。它们如同绘画,如同日历,是向着外界开放的。然而,在那个超脱人世的郊外、几乎与世隔绝的乡村,体验到的那种神话故事般的感觉,一直是我私有的,长久地珍藏在我内心。

其后,我也有机会数次到访苏格兰,但洛蒙德湖始终难以纳入我的行程,漫长的岁月就这样流逝。这期间,我屡次惦记那个村庄,试图找出明确的位置和名字,但仅仅凭借我的剪报本上写着的村庄名字,还完全没有把握。在苏格兰有几个同名的村庄,还有一些村庄名字中包含这个名字。但我仍然估计出了可能性最大的村庄。几年前,我乘车进入格拉斯哥,然后开往洛蒙德湖。我不确定能否找到那家酒店,因此没有预约。我的旅行与以往大不相同，不再多次换乘列车，而是租车，也不决定当天的日程，四处观光以后，随意开车到达周边城镇，从手头的酒店名单中找出有空房的酒店，进行预订，在晚饭前办理入住。与城市的酒店住宿费用相比，在乡村的庄园酒店悠闲地连住几晚也不是不可能。如果能找到那家酒店，实现成为"窗内人"的愿望，那有多美妙啊！

在旅途中，我在车内一直播放着当地的民谣CD和磁带（这是旅途中最先购买的东西。在当地有多种CD和磁带供选择）。回国以后，每当听到音乐，当时的氛围和细微的记忆都会复苏。因此，当时我播放的当然是包括了《洛蒙德湖》的苏格兰民谣。

沿着湖边的国道驾驶，到达貌似那个村庄的地点时，我突然失去了自信。的确，车站的位置是在这儿，但来到荒原的那种荒凉感已经荡然无存。虽说并不热闹，但建筑物不少，道路也铺修成了宽阔的马路，真是破坏景致。我在湖岸边的停车场（竟然有停车场！不过，正好我能停车）停了车，来到湖边，看到观光游船停靠的栈桥，还有酒店，但与我的记忆完全不同，它位于离开湖岸、下方道路那头。而且，这个酒店毫无神秘感。怎么形容呢？说得好听点，就是平庸的。

……不会吧！真的是这里吗？

几十年的时光流逝，村庄发生变化也并不奇怪，也许为了吸引游客，填埋了湖岸，建造了栈桥。或许我完全搞错了（我觉得不可能，但也许我混淆了），那个村庄至今在某处存在着。

直到今天，我也不清楚真相。

我在岸边寂寥地轮流注视着本洛蒙德山和洛蒙德湖。无法忆起往日欣赏的本洛蒙德山是不是这样的形状。曾经住宿过的 B&B 也不知所踪。如同一切都被湖水吞没了。岸边令人毛骨悚然，却又如此迷人。理所当然的，它能吞噬记忆中的土地。

那天，我没有在此住宿，而是向着更北方进发。周边景色越来越荒凉。凄艳谷——Glen Coe。磁带反复地吟唱着《洛蒙德湖》之歌。

我究竟想做什么？推动我行动的动力，往往是来自记忆里的情绪性的东西。我一定是想参加那个晚宴吧。因为无法释怀，所以在我某部作品的最后一章内，再现了我内心描绘出的湖畔晚会。我是如此执着。

荒凉却让人无比怀念的凄艳谷，这里处处是溪流，浅浅的、冷冷的，水流湍急，穿透坚固的大地。1692 年 2 月 13 日，在这块土地上，同样是高地人的士兵们对男女老幼进行了大屠杀。山谷被鲜血染红。三百多年后，溪流中肃穆透彻的水是怎么样的？几乎无法想象那和沼泽地的水相同，感觉是由不同分子构成的。但事实却是同样的。

水的不可思议之处在于，可以无比透明清洌，也可以浑浊不堪，同时还具有"无"的特性，可以将这两个极端的世界观瞬间反转。归根到底，是坚韧吧。

其实关于洛蒙德湖,我还有一些回忆。在初次去洛蒙德湖的数日前,我在因弗内斯。夜晚,我爬上小山丘,来到华灯映照中的因弗内斯城堡的前花园,偶然遇见了一个日本青年。和他交谈了几句,了解到他是地质学专业的学生,与我同岁,巧的是我们都爱好英国的古典民谣。他愉快地说:"在洛蒙德湖附近的青年旅馆,一边淋浴一边唱《洛蒙德湖》。在旁边淋浴的大叔一起合唱起来,两人意气相投。后来被邀请去大叔的家做客……"

我记得自己当时艳羡不已。我打算从因弗内斯坐火车向西,在没有火车的地方换乘公交车,沿着西海岸南下,直到洛蒙德湖。而他从洛蒙德湖开始向东旅行,北上来到因弗内斯,采取了与我完全相反的路线。如同《洛蒙德湖》中唱的那样:"你走高路,而我要走低路……""和歌词完全一样啊。"我微笑道。之后数年,我们一直保持着联系。最近看到他作为国外某湖的地质专家出现在电视里,让我怀念起往事。几十年过去了,他依旧对自己的研究保持着持久不变的热情。那纯真的年轻气质丝毫未改。

我至今仍向往跑遍各地青年旅馆的年轻人独有的豁达与坚强。当时我也如同恳求自己一般,反复考虑是否可以住青年旅馆(经济上也会减轻不少负担)。然而,我内心深处却在悲伤地摇头。

我不能忍受没有单独的空间。无论多么狭小简陋的房间,我必须要单人间。即便没有钱,我在异国他乡也总是寻找价廉物美的 B&B。某种意义上说,我的精神很脆弱。

我最终还是无法获得自己所期望的坚韧性格。

发信息、收信息，穿越丛林

去年与策划本书的负责人 K 聊天时，提到了不断坚持发信息的宇宙飞船"旅行者"号，随即又聊到当天晨报上整版刊登的人工卫星、火箭等照片，它们完成任务后，成为太空垃圾（space debris）。

"太空垃圾之多真是惊人。"

"如果不少太空垃圾还在不甘心地尝试发信息……"

"那么大量的信息在太空漫无目的地游荡着。"

"没有指望被接收的信息。但也许在某个超乎想象的地方有人在接收。"

"而且自己都没有察觉。"

"对，而且自己都没有察觉。"

海洋学博士玛丽·安·达尔的研究团队去年在学术杂志《深海调查》上发表的论文，声称从十六年前开始，美国海军的音响监测潜水艇系统不断地接收到频率奇特的鲸鱼叫声。它不同于至今发现的任何鲸鱼。

很明显是一头鲸鱼的叫声，对此没有其他鲸鱼发出回应。

叫声类似须鲸，但须鲸的频率一般是 10—15 赫兹，而它却是 52 赫兹。应该是新种类。

一头孤独的鲸鱼在北太平洋的茫茫大海中一边洄游，一边不断发出信息，期望被接收到。（也许"期望被接收到"这部分添加了戏剧性的想象，因为谁也不知道鲸鱼是否这样希望。但是，毫无疑问它在寻找同伴。鲸鱼这种生物是注重家庭的。啊，也不能断言，也有一些孤僻的鲸鱼吧。但是……"）

无论如何，这则新闻令人感动。一年年渐渐老去、叫声日趋微弱的鲸鱼也许是它们种族里的最后一头，或者……

正巧那天我去编辑部交了连载的第一篇稿件，然后独自去附近下雪的 S 湖划船。当我到家时，邮递员已来过了。在出版社转寄过来的一叠信件中，有一个信封里面仔细地装着两张明信片。我不禁反复端详明信片上的照片。第一张照片应该是阿拉斯加的湖，湖上漂浮着一艘皮划艇。颜色和我的皮划艇完全一样（大小和形状不同；照片里的是，"能经受长期旅行"、可以搬运大件行李但仍然可以折叠的皮划艇），船桨被系住固定在船边，其中一只船桨浸在水中。不见人影。估计皮划艇的主人就是摄影者本人。而且这一定是……我确认了一下，果然是以拍摄阿拉斯加而出名的已故摄影家的作品。对了，他认为皮划艇是真正需要的实用性"工具"。他的思想穿越时间空间，从过去照耀到了现在。湖泊的风景不尽相同，但在湖边等待主人的空荡荡的皮划艇那独特的风情，和我当天度过的午后时光极其相似。另外一张很像我去年夏天在库页岛拍摄的越橘，只不过这是冬天霜打后的，也出自同一摄影师之手。对了，我必须开始工作，把那时在库页岛的心情凝结成作品，现在正是这样的好时机。我想着，心已经飞往了工作。

明信片上的文字简短而得体，大意为使用了我过去的作品，对此表示感谢。而且附赠了一首外国诗歌，不知为什么，恰到好处地概括了我当时的处境。我与寄信者素昧平生，从未交谈过，他全然不知道我的情况，却在最好的时机，经过数个巧合，把明信片邮寄到我手上。如同某种信号，在我当时的内心引起了奇妙的共鸣。

在太空里真的有无数信息在交错乱飞吗？也许信息在盲目飞行的过程中，脱离了当初的目的而发生了变化。而至于接收哪个信息，则取决于类似人类平滑肌的接收捕捉能力。然而，这也许是一种可悲的能力，不能疏忽，无法信赖，在接收信息的瞬间，信息成了自己的一部分。

继续回到皮划艇的明信片。

摄影家关于皮划艇的记述的一部分，令我印象深刻。

　　……如果有钱，我想买德国制造的克莱伯，这是世界顶级的皮划艇。原本是为了海军实际作战用途而被开发出来的，其强度、耐久性都是我的皮划艇无法企及的。组装时细小的连接部分都做得很考究。价格大约四十万日元。位于费尔班克斯山中的商店也展示着该皮划艇。我非常渴望得到，每次去那家店都要抚摸片刻，看了价格，只能望而兴叹。我平时清心寡欲，但皮划艇却是个例外。大约像个孩子在玩具店前衔着手指、盯着玻璃展窗内吧。

——星野道夫《阿拉斯加 光与风》

我开始划皮划艇后，再次重读后续部分，关于他的体力与意志思考了良久。比如他初次乘坐皮划艇是在冰河的海上，（经过深思熟虑）不穿潜水衣持续了一个半月旅程，原本应该系好的皮划艇漂流到冰海上，奋力（游泳！）去找回来（他深知落入冰海的危险；周围没有其他交通工具，无人路过，而且所有粮食和其他物品都在皮划艇上，在极北严寒之地，一定死路一条；在权衡了各种死亡的可能性后，他做出了选择），等等。

另外，仅仅是他对克莱伯皮划艇的那种"渴望"，就令我怦然心动。然而，书中的照片——年轻时的摄影家当时拥有的美国制造的皮划艇和明信片上的皮划艇，显然不同。明信片上的应该是多年后购买的吧。

难道是……我心中抱着疑问。去B皮划艇中心时，把照片给K看，问他："这是哪种皮划艇？"他马上回答："德国制造的克莱伯。那可是好东西。最近也有捷克制造的仿制品，光看照片不可断言。"啊——他最终还是了却了夙愿，得到了克莱伯。我感到莫名喜悦，随后又感到些许悲伤。那种悲喜交加的感觉渐渐飘向远方。带着这种心情，我过完了一天。

阿拉斯加湾，白令海，鄂霍次克海……

思绪飞往那头鲸鱼。

那是它洄游的北太平洋的大海。

初次去洛蒙德湖的那趟旅行一周之前,从阿伯丁去因弗内斯的途中,列车接近马里湾,转向正西方时,我看到了终身难忘的绝美夕阳。之所以终身难忘,也许也因为当时我十分不安。我还没找到当晚在因弗内斯住宿的地方,夕阳已经开始下山了。夕阳的最后一片红光消失了,天色渐渐暗下来。我只确认了目的地是因弗内斯,稀里糊涂地没有确认到达时间。看情况,深夜才能到达。游客中心估计也关门了吧。我没有好好安排行程,但是壮美的落日令我目不转睛。

我感到的并非梅·萨藤①所说的"深入骨髓的孤独",但的的确确是"独自一人"的感觉。希望夜晚的因弗内斯没有太多的醉汉。我有些许不安,但也年少气盛,相信自己无论什么问题都能解决。也许只是太莽撞了。因为深夜到达一个没有落实住宿的地方,这并非第一次。虽然那时治安良好,如同田园诗一般的宁谧,但是随意的旅程安排再加上缺乏深思熟虑的行为是有风险的,如今看来我无意识间把自己的好运也加上了。出于无知、莽撞、傲慢的年轻气盛,这么做不值得骄傲。(我忽然想到,在混乱的伊拉克,那个年轻的日本男孩的旅途和人生都

---

① 梅·萨藤(1912—1995),美国诗人、小说家、日记体作家。著有《独居日记》《过去的痛》等。

走到了尽头。①无论我是否会做出同样的行为，我的行为再过分一点就跟他一样了。如果他要受到责备，那么我也应该站在他那一边一同受到指责。我也认为在责备他之前，更应该谴责战争。但是，那又是另外一回事了。）

到达车站的乘客们不久都被车接走了，或者匆匆忙忙地离去了，站内马上安静下来，一点声音都会响彻四周。售票窗口也拉上了窗帘。我走到开始降温的人行道上，借着路灯辨认手中的地图，终于来到尼斯河②畔。沿河一排都是B&B，我挨家挨户地按门铃。

夜幕下的尼斯河漆黑一片，但仍能看出水流湍急。每次遭到回绝，走向下一家B&B时，我望着深不可测的黑暗水流，模模糊糊地想着：这水流长途跋涉到达了这里啊。

也不知道是第几家了，奇迹出现了。

"正好有人取消了预订。是家庭房，可以吗？"

我如释重负。身材高挑的女主人的金色短发、大大的眼睛、温和的微笑、身后室内温暖的灯光，至今历历在目。

房间宽敞漂亮，可以俯瞰尼斯河。次日早晨的苏格兰早餐丰盛美味，我好好饱餐了一顿（我的一个朋友以前来过因弗内斯，他告诉我这里的培根十分美味，我尝了以后，也有同感；之后也曾数次来到因弗内斯，这里的培根从未令我失望过）。

去尼斯湖时总是天公不作美，湖面阴森可怕，出现怪兽也

---

① 指2004年在伊拉克遇害的日本人质香田证生（1979—2004）。
② 尼斯河源于尼斯湖，往北流入大海，因弗内斯在此依河而建。

毫不奇怪。在高地大抵是这样的天气吧（可是最近一次去的时候却是艳阳高照，简直不敢相信可以看到这样明媚动人的尼斯湖，因此令人越发觉得它"神秘"了）。

次日我看到的尼斯湖也是如此。天空和湖面简直可以说是瘆人。深浅不一的灰色云层重重叠叠，湖面映照着阴沉的天空，也许是水中的水草或其他东西在蠢蠢欲动，凝神注视片刻，真的感觉马上会有什么钻出来。但是，真的是从"湖面""有什么钻出来"吗？

发出信息的是"湖面"，接收信息的是"我"吗？

又似乎不对。发出"瘆人"信息的又不是"我"。看到接受信息的湖面，我不是恐惧发抖了吗？这样一想，渐渐地无法区分发信息和收信息了。我甚至感觉只是双方模糊的影像相互映照而已。

有一次在日本的B湖。岸边郁郁葱葱、类似直柳的树木一直生长进入湖内。好像红树林，也令人联想起苏格兰的溪谷。我缓缓划动船桨，终于划进树林里去了。进入以后很麻烦，但是至今为止我都设法出来了，这次也会有办法的。这样想着，我总是身不由己地自投罗网，进入那阴暗又充满神秘的地方。果不其然，行到半途，皮划艇好像锁住了一般，纹丝不动了。我试图划动，却感觉有些异样。啊，糟糕！我回头一看，果然船尾钩在了垂落的树枝上。我把船头靠向牢固的树干，一只手抓住那根垂落的树枝，另一只手伸长船桨，试图倒退出来。——

可是，退不出来。我就这样永远陷在这儿了吗？忽然，一丝不祥的感觉掠过心头。稍事休息后，振作精神，像第一次尝试时一样用力拉动整个皮划艇，终于解脱出来了。我深深地叹了口气，再次休息。啊，太好了！我告诫自己：最近不要再靠近这里了。一直以来，我对阴暗处很好奇，也因此感到尼斯湖的湖面魅力无穷。我不由得再次思考影子。

那头鲸鱼在北太平洋各种海域进行洄游，也许不仅发出信息，而且享受着"接收信息"和"回复信息"，这是我未曾想象到的。比如，从深海，或者从宇宙，或者从自己的内心世界。也许丰富多样的地层的回声也是饶有兴味的。或者好像太空垃圾遗落信息一般，在我们没有察觉的地方，世界上无法计数的信号互相交织出一曲壮丽的歌谣。

在宇宙各处，包括人类的各种生物（或者矿物、浮游生物等）都忍受着各自的孤独，漫无目的地不断发出信息。但这并不悲壮可怜。

这么想着，豁然开朗，似乎一阵清风拂过。

那个摄影家给予我的不就是这种感觉吗？他对在北极圈数个月的孤独生活习以为常，享受着乐观充实的孤独。

现在的我喜欢这样的想法。

充实的孤独感。忽然，似乎从那儿吹来一阵明快清爽的气流。忧郁只会把我带入黑暗。

穿越这片树丛，让船驶向光明吧。

发信息、收信息，穿越丛林

不老之国（一）

要写下自己的愚蠢体验令我心情沉重，但也许能以此警示他人，而且我隐隐觉得应该一吐为快，所以本章就由此开始。

早春时节，刮风下雨的天气持续了数日。我看了地区的小时天气预报，那天在当地仅有数小时不下雨（然而，这样有限的气候条件也意味着天气很不稳定），于是匆匆忙忙地把皮划艇装上车，出发去S湖。由于第二天要出发开始长达数周的"流浪"，所以我心中暗暗着急，估计最近没有划皮划艇的机会了。

S湖是一个水库。原本我对水库的形成抱有成见，因此在内心深处有点轻视：水库不同于真正的湖，只是像湖一样的东西罢了。的确，水库岸边的自然环境人工痕迹很重，不够自然，可以窥知其水边形成的历史短浅。我选择去S湖，仅仅是因为离家近，那儿罕有人迹，我可以发呆思考。我有精力的时候，会选择去B湖。在我工作地点附近的B湖里有一个相邻的内湖，其周边的水路如同菌丝一般延伸。无论B湖上强风如何肆虐，不可思议的是，这儿仅仅微起波澜，水面几乎不受大风影响。因此，我忽视了天气预报中关于风的强度的报道。

S湖水面并不宽阔，而且至今为止我从未在暴风雨时来过这里,因此总有一种内湖或内湖周边的感觉,并不慎重。我只注意下雨的预报,看到"强风"这样的文字却毫不在意。

在初春的水库岸边,马醉木已经开始绽放铃兰一般的白色花朵。

在真正的"自然界",马醉木不可能生长在这样的岸边。也不知道对谁(一定要说是谁的话,应该是策划建造水库的人吧),我有些生气,这里没有生长在湿地或水边的植被,我应该如何称呼这样矫揉造作的自然?我呆呆地想着,划动着船桨,双眼却紧紧盯住平时无法近距离观察到的树冠上的嫩芽。

"不管怎样,这里成了水库,我才有机会如此近距离地一睹尊容。"我悄悄地对小小的厚朴树(一般自然环境中,厚朴树都是参天大树)点头致敬。

水鸟虽然没有冬季那么多了,但仍然为数不少。可以观察到白鹭和苍鹭等大鸟优雅地飞离水面、在空中滑翔,然后降落到水面。黄莺在鸣唱,却还不够动听。它那响彻山谷的鸣叫声时常在"啁啾啁啾"处停顿。

今年的春天似乎要格外浓墨重彩地来临了。每年的春天都是这样吧。生命开始复苏蠕动所需要的活力,一定是庞大的。要接受这一切的到来,也需要充满健康的活力。

我意识到之后将有一段时间不能划船,因此比往常更深入水库深处。这个地区的天气预报非常精准。千真万确,再过几小时就会开始下雨。该回去了,我掉转方向,过了一会儿,忽然起风了。转瞬间,风声开始在耳边呼啸。

"不会吧?"我还在半信半疑之间,眼前开始翻涌起了白浪。"啊!"我对这意外的情景目瞪口呆,开始拼命划桨,但难以前行。

好不容易划到了桥桁下(这里湖面忽然开阔,因此真正的艰辛才刚开始,但总算站到了归途的起点上),我怔住了。只见两个巨大结实的混凝土桥墩下,漩涡深深卷入层层波浪。显而易见,盲目接近的话,我一定会被甩到混凝土桥墩上。但是,这里是必经之路。即便能在安全的地方等待风停,大雨也将在数小时后来临。

此时,我终于开始明白自己所处的状况与"当心强风"的天气预报(完全忽视了)的因果关系。(真是笨蛋!打算开始划皮划艇的读者们,一定要吸取我已有的教训。)

两个桥墩各自与岸边的间隙并不宽阔,反而桥墩之间的距离更大一些。我心想从桥墩和岸边之间勉强通过,但桥墩一侧斜斜地形成了漩涡,水流湍急。倒不如,从桥墩和桥墩之间,顺着那条笔直的细细的水流通过。我隐隐想着:"好像摩西出埃及一样啊。"不过,那是两侧出现海水的墙壁,中间是通道,而这里两侧是低低倾斜着的。

几乎屏息渡过了这段险路。"简直是人生的走钢丝啊!"我深深感慨着。不久,又是一阵强风刮来。我想,这不是强风,而是连续的暴风。天气是如此变幻莫测。不久前,还零星可见钓鲈鱼的小船，现在都不见踪影了。"到底是有马达的小船，逃得真快。"我感叹道。"啊，真的是孤单一人了。"一想到这里，我不由鼓起干劲，刚才还觉得春天很沉重的忧郁心情一扫而光。眼前，一个小小蓝色身影迅速飞过。我一瞬间似乎看到一道黄光闪过，定睛一看，果然是翠鸟。水库里有翠鸟！只要有翠鸟，我就勇气百倍了。在强风中，它好像自暴自弃一样勇往直前。是发生了什么重要的事吗？现在这个时期已经完成交配、准备产卵了吧。"或者还是……"我左思右想，"不，这就是翠鸟如同往常的飞翔。是我多虑了。"

在毫无遮挡的地方，我和"旅行者"号成了狂风唯一的障碍物，因此狂风的迅猛简直无法言喻。狂风，并不是一个巨大的整体，而是铅笔粗细的刺骨寒风形成一束束，然后又形成侧面不平整的一捆捆柴薪一样的集合体，在不同时间飞速攻击过来的"无"。因此，在这样的狂风袭击下，我无能为力，仿佛自己也要被同化成"无"了。归根到底，最令人受打击的是这狂风。波浪愈发汹涌了，"旅行者"号随风颠簸，从我马马虎虎装上的挡水裙缝隙中，水开始灌进船舱，慢慢积在舱底。我常常在经历一些事的同时，脑海中自然而然地浮现出文章，但在这生死关头仍然慢悠悠地试图描写这幅场景，真是命中注定的。在濒死的瞬间，还在头脑里写作，这样的我真是可悲。但一边又在恋恋不舍地寻思："有没有办法留下这临终最后的文章呢？"转念又漫不经心地想："至今为止死去的人们一定都有'临终最后的文章'，我反而想读一读。"

不老之国（一）

在风势稍稍减弱时，我向着以前从未靠近过的那一侧水岸（当时，那儿是最近的水岸）奋力划去。途中，风势再次加强。这次风向改变了。我的确是有意识地向着岸边划行，但强劲的风势无法阻挡地把我与小船逼向岸边，不是靠自己的力量，而是身不由己地随波逐流。这令人感到屈辱。我感到速度很快，十分危险，因此本能地试图离开岸边，抗拒风力，保持平衡，最终渐渐地靠近岸边。话虽如此，还是难以与风力抗衡，转眼就到了岸边，我划到一根下垂至水面的粗大树枝下，紧紧抓住，等待风停。不用力抓住的话，小船就会因失去平衡而倾覆。

我感到自己已无可救药，因为在这样的紧要关头，我的视线竟然快速扫过很少来到的这边沿岸的植被。这时，不由得脱口而出："啊！"因为我发现了意外的东西。在死命抓住树枝的同时，我企图再看一遍。当时，我已经无暇睁眼细看，但我看到的的的确确是令人难以置信的东西。

不久风平浪静了，我心有遗憾，但还是匆匆离开了这里。

这样的状况反复了多少次啊？

当我疲惫不堪地回到出发地的岸边时，雨点开始洒落下来。我心中深深感谢电动车架，可以不用拆卸皮划艇，直接吊上车，随后狼狈地离开了水库。车驶入国道时，大雨开始倾泻下来。

数周后，我依然不能忘却在难得涉足的岸边偶然发现的东西，所以再次来到 S 湖。

上次遭遇的"春天的暴风雨"恍如隔世，今天天气晴朗，甚至有些炎热。黄莺依旧在"嘀啾"处停顿，但比上次唱得流畅多了。

我笔直地向着那一侧的岸边前进，担心能否再次找到。因为那还只是一棵小小的新芽。我感到难以置信，因为在日本不可能有野生的。是有人在那儿种下的吧。那儿也许以前是有人修整过的院子。我隐隐感受到了在成为水库之前，这片土地上曾有的生活气息，不由得被吸引住了。我对这样的事物难以抗拒。但是，如果是真的，当时这里是山顶，究竟是谁种下的呢？

其实我在十几岁的时候，也曾独自一人带着球根，漫步在附近的山上。每当看到阳光充足的草地，就恶作剧般地种下一个球根，再离开。然后，在球根的花朵盛开之时，再次去山里，好像收获惊喜一样，一个一个去发现。有些花无处可寻了，不少花淹没在周围杂草之中难以发现，因此当发现安然绽放的娇弱花朵时我感到格外的喜悦。如今，当然我不再重复这样破坏环境的行为。很少有年轻人做同样的恶作剧吧，但是也不可断言完全没有可能性。

我还担心找不到，但我一眼就看到了那鲜红的郁金香。它竟然开放着，沐浴在午后的阳光下，看似盛开过度，花瓣即将凋零。我在激动之余，满腹疑问。郁金香在种植后，如果无人打理，花儿不会继续开放，只有叶片稍稍长出，小小地意思一下。这棵郁金香是怎么回事呢？还是有人划船到此，种下球根，或者原本计划在此建造花坛，却因受挫而中途放弃了？如果纪念馆在开放,也许可以了解一些情况,但一直闭馆,因此无法咨询。

不知为何,与往年不同,今年的春天我想尽量躲避。不用说种植球根了,就连新生命处处复苏活动的气息都难以忍受。我想一直蹲伏冬日的严寒中(我曾以为这是因为自己缺乏生命力,但如今想来,那个时期是我体内的能量在发生质的转变)。

当时,郁金香耀眼的红色似乎在诉求着什么,我感到难以承受的沉重,划动船桨,试图离开。

那一瞬间,翠鸟再次从眼前横穿而过。"是那只翠鸟啊!"我的视线不由得追赶过去。而后又注意到,如同整体涂上了满满的蜡一般光润娇嫩的郁金香花瓣,在这个瞬间正要凋落。来自泥土的孕育、充满质感和量感的、鲜艳的红色花瓣,如今即将回归泥土了。

我停下了划桨,呆呆地见证着这小小世界的变化。花瓣飘零而下,那一瞬间,炫目的太阳隐进云端,空气发生了微妙的变化,我眼角余光看着绿光闪闪的小小翠鸟似乎赌气般地飞走,湖底的青黑色部分好像膨胀扩大起来,等等。所有的一切犹如优美旋律在流淌。

仰望天空,只见云朵加快速度扩散开来,风好似一条潺潺小溪,轻笑着拂过大树的树叶。微微泛起的波浪把"旅行者"号和我推上又放下。

啊,真真正正的春天真的已经完全地到来了啊!

我放下船桨,深深呼吸,闭目养神。然后,我又开始划动小船。印刻在脑海里的风景在自动放映着。

现在，岸边阳光普照，成了小山丘的山坡。四周空无一人，少女自由自在地独自歌唱，眺望天空。然后她站起身来，再次观赏盛开的郁金香，沉浸在满足感和成就感中。接着，向着山脚下的家，蹦蹦跳跳地跑下草地上的缓坡小路。一切如同湖底世界，带着淡淡的新绿色轻轻晃动。

我一边划桨，一边低头看着她的背影。年轻的她，无畏地迎接着春天满满的能量。如果我招呼她，她会不会像透过树叶仰望炫目的初夏阳光一般仰头看呢？

不老之国（二）

因为有事，我去了Y湖，那是日本高海拔湖泊中数一数二的。有机会的话，我也想在那里划皮划艇，但这次只是老老实实地坐在导游的车里，听他介绍湖的情况。他是土生土长的当地人，在Y村还是个偏僻山村的时代出生。车窗外，湖畔的风景静静流淌而过。

"啊，有天鹅。"

美丽的大天鹅和小天鹅优雅地浮在湖面上。

"在这种时节。"我有一种不祥的预感，喃喃道。

"啊，那个啊。它们很可怜。"导游一改刚才意气风发的口吻。

"村里以此来吸引游客，于是，剪掉了几只天鹅的长羽毛，让它们不能飞走。为了把这个湖打造成一年四季能看到天鹅的旅游地。"

听到这里，在导游面前表示出愤怒也无济于事。"啊——"我叹了口气。

导游接着说："留下的天鹅们生了小天鹅，到了第二年春天，长大成熟的小天鹅和从北方飞来的天鹅一起飞到了北方。"

"抛弃了父母？"

"对。"

天鹅父母不能垂范亲自带领孩子们，骄傲地回到北方，想必内心十分苦痛。而想到候鸟迁徙的本能引起它们发狂般的冲动，更是令人难受。

导游说，在他幼年时期，这里没有绕湖一周的道路，行驶的车辆也不多，他光着脚丫奔跑在这山水之间。现在Y湖已经完全被开发成观光地了，在靠近山的一侧有不错的避暑胜地。

我询问是否能在湖上划皮划艇，导游建议道："比如以此处为据点，从这里的小屋出发，把皮划艇装上车，往山下行驶。然后把车停在那里的停车场，放下皮划艇，搬到道路对面的湖里。因为栈桥就在那里。"

我的兴致不高。然而，白桦林中的"小屋"还是挺好的。考虑了一阵，还是断了念。

在这周边的几个湖中，最终我想划皮划艇的竟然是水库T湖，自己也觉得不可思议。

T湖吸引我的地方究竟是什么？当时我无法解释。

我知道T水系对于该县如同水瓶一般。的确是美丽的水系，然而……

我虽然自己也内心惊诧，但还是带着皮划艇再次驱车前往T湖。在T湖划皮划艇之前，必须先去兼T湖管理处的纪念馆支付费用。于是，我先去了纪念馆。办完手续，我漫不经心地在馆内闲逛。这里展示的照片呈现了村庄沉入水库湖底之前人们的生活景象。这是一派数十年前日本农村的风景。也有一些个人家庭的照片。

我有一种仿佛时间停止的奇怪的感觉,在馆内漫步着,我的脚步忽然停下了。

我看到了Ｔ湖成为水库之前这个地区的立体模型。从四面八方流淌而来的河流,最终融汇成一片湿地,形成Ｔ水系。然而在河流旁边,四处散落着村庄、学校、政府机构、神社,留下人们生活的痕迹。

这一切都长眠在湖水中了吧。

我去服务台询问是否有印有浸水之前该地区航空照片的宣传册。工作人员答复说应该有的,马上帮我寻找,结果没有找到,但给了我一本计划建造水库时的说明用小册子。小册子上有水库建成后的整体图,我再次回到立体模型处,一边看,一边用笔细细记录在小册子的图上。

某某小学、某某神社、某某政府机构、邮局、保健所、某某村庄、几户人家……

我全神贯注的样子也许有些奇怪,游客们好奇地瞥视我的小册子。我习惯于这样的视线。但是,真是的,为什么这样忘乎所以呢……不,我知道其中理由。

因为我嗅到了故事的气息。

并不是为了工作,仅仅因为被故事的气息所吸引。有时有人会觉得疑惑,询问我:"您在做什么工作吗?"我感到庆幸,如今的我由于工作的缘故,可以回答:"嗯,是的。"如果并非为了工作,却如同着了魔似地热衷于如此"无关紧要的事情",

旁人看来想必会感到不适。但是，不管是不是工作，我喜欢做这样的事。

抄写完毕后，我开始参观展示在旁边的建筑。这是建于江户时代末期的农户住宅，一直有人居住，直至数十年前决定实施大坝计划。这栋建筑本来应该沉入湖底，但被迁筑于此，进行展示。它是村落中典型的住宅之一，不少类似的住宅则长眠在了湖底。

我不由得伸出手去触摸门口的柱子，它在日晒雨淋下颜色发白，浮出树脉。我跨过门槛，进入室内，这个房间地面裸露着土地。油亮亮的地板框，边角已被磨平。擦拭干净的陈旧榻榻米稍稍有些毛糙。光脚走在上面，该有多舒服啊！我走向厨房，泥土地面上铺着竹条踏板，水池是用混杂着小石头的混凝土砌成，贴上了小小的瓷砖。

可以想象，放学回家的男孩几乎踢飞门槛似地飞奔回来，穿越泥土地面的房间，跑到厨房大口大口地喝水。一个学期的期末典礼结束了，他把各种学习用品和通知单从地板框扔向榻榻米，然后戴上草帽出去跑步……

我追赶着他，也跑到门外。虽然还是晚春时节，今天的阳光宛如夏日一般。在这样的阳光下，他跑到哪儿去了呢？

高高的外廊黝黑发亮。由于太高，我不能直接坐上去，但可以踩着踏脚石，上去坐一坐。

暑假刚刚开始，片片蝉声此起彼伏。他去捉虫子吗？不，他拿着水桶和钓竿。他是要去山间的溪流吧。

不老之国（二）

溪流——曾经谦恭质朴却清高不凡、自古以来的溪流，由于人类的利益，逐渐变化成自然界里不存在的暴力怪物。一想到这里，我不由得感到心痛，停止了幻想，回到车里。然后出发去可以放下皮划艇的船码头。

从码头的停车场到岸边，有一段下坡的台阶。我背上（难得）叠得整整齐齐、收纳在包里的皮划艇，小心地走下台阶，在排成一列的小船旁放了皮划艇。一个大叔对皮划艇的构造颇感兴趣，问东问西的。我回答着，从对话中，我了解到大叔生长在这一片"埋葬在水下"的土地上。

"您的小学也在这儿？"

"小学和初中都在这儿……"

我停止了询问，避免深谈。正巧皮划艇也组装完毕了，我坐上皮划艇，向他道别，朝着T湖出发。

湖水清洌冰冷，不易亲近。

我不停划动着，从远处飞来一只水鸟，显而易见，它是冲着我来的。它不是野鸭，体型比野鸭大，是大雁的一种，而且迁徙途中在日本停留的大雁种类中，并不常见。像不忍池[①]的凤头潜鸭（虽然是野生鸟类，却令人惊讶地不畏生人）一样，轻轻地靠近小船，毫不畏惧地凝视着我。一个疑问突然浮上心头：这只大雁不会也被剪了羽毛吧？但是，天鹅的话可以理解，这样的大雁只有狂热的特殊人群（应该说是行家）才会感兴趣，

[①] 位于日本东京都台东区上野公园。

不受一般人喜爱，也无法期待它能吸引游客，所以不可能被剪了羽毛。也许是（大雁自己）注意到与曾经盛行一时的捕猎时期不同，最近坐在船上的人是安全可信的，甚至很可能会给自己喂食，因此决定在这里定居下来。

比这只大雁更为常见的黑野鸭母子沿着岸边游去。

另一只黑野鸭从草丛中起飞，那一瞬间阳光被遮挡，我不由抬头看去。等我视线回到水上，只见倒映着白云蓝天的湖面上映照着黑野鸭的影子，如同飞翔在水底世界中。真想随着黑野鸭一同消逝在水底。

布谷鸟的叫声响彻山谷。啊，这是今年第一次听到布谷鸟的叫声。到去年为止，我居住的地方从平安时代起就以布谷鸟的鸣叫而闻名。每年都在半夜半梦半醒之时听到第一声布谷鸟的叫声。今年虽然搬家了，但过着漂泊不定的生活，完全没有意识到会在何处听到第一声布谷鸟的鸣叫。

我一边看着夹在皮划艇上的地图，一边驶入稍稍凹陷的峡湾区域。低垂在水面的树枝上嫩叶青翠欲滴。阳光透过树枝的间隙，在近山处，处处洒下光柱。几缕细细的水流向着湖内流淌而来。现在看似细细的水流，一旦遇到集中的降雨，就会成为真正的河流吧。对了，它是N河，本来应该流淌到山谷底，与其他三条河并流。这儿应该是N河的发源处。

那么从这儿下山……我划动船桨。在这附近应该有一座神社。

然后，沿着前面的道路拐弯……我查看着在纪念馆仔细抄写下的地图，不断划行。这里有村落，有那个孩子的家。水晶花的篱笆。看，他出来了——戴着草帽，穿着跑步服；细细的脖颈晒得黝黑，银色的汗毛上小小汗珠闪闪发亮；捕虫网也修补好了。

看，这里那里，孩子们从各处不断拥来了。

夏日的孩子们。

是啊，我也想见你们。

我满心欢喜，向他们的小学走去。

不老之国（三）

清晨，天色微明。夜蝉在附近怯生生地鸣叫着。这里群山怀抱，太阳迟迟升起，早早落下。早晨的空气清新怡人，残留着森林的气息，孩子们互相约好去上学。啊，对啊，要做广播体操呢。空气水润饱满，好似会发出脆生生的响声。好像空气中饱含了小小的冰屑，会在阳光下绽开、融化。茂密的森林边缘笼罩着农田，一次又一次地传来春天的讯息。

他的名字叫……成行。脖子上挂着广播体操的出勤表。手里拿着捕虫网，因为打算归途直接去捕虫。

他正在经过茶树篱笆围起的宅子，鸡窝里传来雄鸡的打鸣声。

在成行旁边快步小跑的是小智。他在聊着自己找到的秘密的柞树。

"踢一下树干下面，独角仙啦，锹形甲虫啦，会刷刷地从上面掉下来。"

小智炫耀着。嗯，真的吗？但是成行两眼发光，几乎要把广播体操抛在脑后，马上飞奔过去。

他们来到了河边的道路上。河滩上巨石累累，白茫茫一片。

在这里遇到了从里面的村落走来的女孩们。

"他拿着捕虫网。"

那是晴美,她穿着背带裙。

"广播体操结束后,要去哪里?"

穿着短裤的广子问道。成行和小智互相使了个眼色:"我们去捉蝉,在八幡神社的院内。"

"一大早,蝉会叫吗?"

"最多叫几声咔咔咔。"

女孩们互相一视,提出了疑问。

"蟋蟀马上就会叫。"

"蝉是这样叫的吧,兹乎兹乎活……"

"那是不同种类的蝉,寒蝉过了盂兰盆节才叫呢。"

"哦,是吗?"

"你们知道寒蝉是怎么叫的吗?"

"兹乎兹乎活,兹乎兹乎活,兹乎兹乎活,兹乎兹乎活,活活活……"

"不对,昨晚姐姐教了我正确的叫法。"

"怎么叫的?"

"兹乎兹乎乌斯,兹乎兹乎乌斯,兹乎兹乎乌斯,乌斯乌斯乌斯斯……"

"哇!真厉害!像真的一样。"

"成行的姐姐懂得真多!"

成行稍稍有些得意。成行的姐姐总是在读书,有时聚精会神地观察昆虫和小草。成行虽然不太得到姐姐的陪伴，但心底暗暗敬佩姐姐。

早起的黄头鹡鸰上下摆动尾翼，在河滩上散步。夏日的朝阳忽然跃出山谷，阳光在白色河床上形成漫反射，炫目得令人不由闭眼。

过了片刻，我抬头睁眼，环顾四周。布谷鸟还在鸣叫。我和皮划艇所在的"湖"周边还没有蝉。从地图上看皮划艇的位置，它正在渐渐接近如同海星一般伸出触手的湖水的中央。划到前面的拐角处，就可以看到大桥了吧。大桥的正下方是小学。我扭头一瞥游船码头，看不清那个大叔是否看着我。从这里拐弯后，皮划艇应该会从他的视野中消失，但估计从大桥另一边别的地方也可以观察到我。因为游船码头不止这一个。对，别害怕，我给自己鼓劲。

船桨划动的水声似乎被周边的植被吸收了。盛夏的山充满生命力，令人几近窒息，而现在新绿尚且稚嫩。今天几乎没有游客，到了旺季一定更拥挤吧。我畏惧盛夏的骄阳，现在这个时节刚好。我出生在南方，但害怕夏日的阳光，真是可悲。因为南方的紫外线好像要把所有东西都消毒一样，外出一步，都感觉被无情地拒绝。啊，这些都无关紧要了。我到了大桥下方，看，孩子们！我迈入了小学的大门。

小学的校园中，孩子们开始三五成群地聚集起来了。儿童会会长在集中起来的孩子的出勤表上一个个地盖章。成行他们吊在单杠上，等待体操开始。终于，广播里传来激昂的音乐声，大家都从单杠上下来,适当地拉开距离,确保自己做体操的空间。值日的孩子在早会台上领操。一、二、三、四,二、二、三、四……

在做抬头的动作时,可以仰望天空。已经完全是早上了,天空中漂浮着白云。

体操结束后,远处的男孩们跑向成行和小智。

"你们知道今晚有火钓吗?"

"嗯,知道。"

"我跟大人一起去。"

男孩很骄傲。

火钓就是夜钓,是需要出动数人的河流捕鱼方式。一人手举火把不停挥动,鱼儿看到光明,会聚拢过来。然后其他人对准鱼儿撒网。这一带可以捕到雅罗鱼、真鳟鱼、杜父鱼。

"哦。"

成行和小智羡慕不已。真鳟鱼可以烤成鱼干,杜父鱼做成咸煮鱼酱,都是家里可以存放许久的食物。这是光荣的大人的"工作"。成行和小智虽然捉过牛蛙,但从未钓过真正的鱼。刹那间,他们觉得去捉独角仙也失去魅力了。

两人拖着沉重的脚步,走在归途上。广子和晴美追了上来。

"如果你们去八幡神社的院内,我们也一起去。"

"八幡神社?"

"你们去捉蝉,对吧?"

什么蝉。

感觉更可悲了。八幡神社反正是顺路。小智在成行耳边窃窃私语:"要去秘密的柞树,反正要穿过八幡神社的院内。"

他们来到了八幡神社入口的牌坊。道路对面的石墙长满青苔,草蜥在其中游走。树木丛生,遮天蔽日,白天也很昏暗。我停在牌坊下,为了细看树木植被。从神社院子旁边的森林深处,飞来一道蓝宝石般的光辉。成行不由叫道:"绿小灰蝶!"

你居然知道!这种蝴蝶又叫泽费洛斯,在希腊神话中,泽费洛斯是掌管西风的神。它们一般在梅雨时节出现,而在这里,出了梅还在活动。

"我姐姐很喜欢。比大紫蛱蝶还喜欢。"

姐姐有不错的品位啊!这是定山绿小灰蝶,与大紫蛱蝶相比,闪烁着宝石一般的蓝色,好像在天空飞翔的蓝宝石。

我注视着泽费洛斯,和成行说话。广子忽然好像发现了什么,惊讶地抬头看我:"你是从哪里来的?"

"一定是香烟店前〇〇家的亲戚吧。暑假过来玩儿的。"成行好像在庇护我。

广子指着我脚下的地面说:"你看,她的脚没沾地呢。"

咦?

"她的脚没沾地。"

咦?脚没沾地?

我低头一看,地面距离遥远,不由再次抬头。是水!阳光在轻盈晃动。我的脚下也是水。脚没沾地?我发现自己悬浮着。孩子们沉默不语,面无表情地注视着我。

刹那间我感到一阵寒意,不由睁开眼睛。这是山里的湖,周围一片死寂。布谷鸟也停止了鸣叫。我伸手触摸湖水,湖水冰冷。水库深不可测,岸边又如此遥远,忽然让我回到现实中来了,转瞬又感到"旅行者"号是多么无依无靠地浮在水上啊。这里的水有多深?脚没沾地?我心中一颤。险峻的深山内流出的清冽溪水在此汇聚,形成了水库。可想而知,湖水有多冰冷。我感到阵阵寒意,心里暗下决心,下次一定要穿上橡皮潜水服。我急忙划动船桨返航。然而,马上转念一想,不能把孩子们就此留下。我放下船桨,再一次闭上双眼。

大家都盯着我。对,从这里继续。我说:"跟我一起走吧。"孩子们面面相觑。"我就要在这里,"小智有些生气,"我就要在这里。"我耐心地劝说:"我们要搬去一个故事的世界。而且大家都会长大。我保证会写成一个精彩的故事。"

"不要!"成行似乎要哭了,"我要当孩子。我要在这里。"

你们不是想成为大人吗?你们想去夜钓,不是吗?

"但还是这里好。"

我心想,这种心情我能理解。"但是啊,"我也要哭了,继续劝说,"变成大人以后,也可以捉独角仙、捉蝉或者钓鱼。"

"真的吗?"

"也可以玩踩影子游戏吗?"

可以。我点头。

"可是,现在这样就可以了。"成行低头嗫嚅道。我有点着慌了。

"你们可以做所有有趣的事。肯定有很多。世界很大，一直到山的那边，直到尽头。你们可以一直前进，渡过大海，飞上天空。对了，可以活出自己的故事，关于你们自己的真正的故事，用自己的手抓起、确认，亲自行走。你们必须离开这里，迈出第一步，否则那些把你们忘记的大人会很为难。"

"那么，把他们带来吧。"

嗯？

"对啊，我们不用去，大人们偶尔来这里就好了。看，像你这样。"

成行指着我点点头。

"对啊，把他们带来。"

"这，不容易啊，"我叹气道，"现在要做的事情太多了。"

"可是你看，不是已经带来了吗？"

嗯？

我抬头仰望天空。狭窄的天空中，漂浮着宛如小小鲸鱼一般的物体。那是皮划艇的底部。刹那间，我的意识一下子被拉回到了那只小鲸鱼——皮划艇中来。

啊，失败了。不，也许并没有失败。

恐惧和兴奋奇妙地交织在一起，那是一种"毛发悚立"的感觉，我返回游船码头。

我预感到的故事常常如此，随时会降临。

海豹姑娘（一）

多年前，我曾驾车从苏格兰的因弗内斯出发，目的地是更北方的海边小镇阿勒浦。从因弗内斯朝着西北方行驶，周围景色渐渐变化，欧石楠的群落消失了（换言之，气候条件比欧石楠茂盛生长的环境更恶劣），展现在眼前的是一片荒凉、肃穆、充满震撼的风景。在这样的荒野上，孤零零地出现了一户农家。对着这看似历史悠久的农民房屋，我不由遐想，古时候在这样荒无人烟的地方他们使用了什么交通工具呢？极目远眺，四周到处横卧着巨大的岩石和石子，无法进行耕作。溪流好像艰难地开拓出自己的道路一般，流淌在岩石之间。在这样的大地上，只有一栋房子默默矗立着，沐浴着透过高空云层、像窗帘般倾泻下来的阳光，仿佛它所有的生存意义仅是存在于这样的天与地之间。

我行驶在空无一车、视线毫无遮挡的道路上，渐渐沉浸在自己的世界里。不久，沿路出现了布鲁姆湖（看似是一个湖，其实是深深切入内陆的海湾）。我看到前方路旁有一片面向水边的空地，于是想停下车。在扭转方向盘的一瞬间，车子忽然打滑，最后好不容易停在没有护栏的悬崖边。

我几乎没有休息，一直在开车，周围没有成为"带跑者"的车辆，完全没有感觉自己的行驶速度究竟有多快。在这样的速度下，没有好好地减速就扭转了方向盘。因为是第一次，我自己也吓了一跳（平时我并不这样驾驶；不是自吹自擂，我一向是没有事故的优秀司机）。

我被一种奇怪的感觉占据了，好像时间停滞了似的。我想一定是喜欢恶作剧的精灵在搞鬼吧，于是决定在此稍事休息。北方的海水即便在夏天也是冷冷的，虽然知道是海水，却无法消除身在湖畔的感觉。

在苏格兰和爱尔兰流传着许多精灵的传说，也有不少关于海豹的民间传说。

当时，我打算从阿勒浦的港口去外赫布里底群岛。可以从因弗内斯乘坐飞机，但选择海路的话，应该可以从船上看到生息着海豹和珍贵海鸟群的群岛。

我到达了萧条的阿勒浦港口，在等待渡船的时候，发现了一家卖炸鱼薯条的小店，于是买了一份刚刚炸好的。在这一带，炸鱼薯条依旧用报纸包裹，油墨味已经不同于往昔，但仍然令人怀念。我在埠头远眺大海，饱餐了一顿。

这里的大海，可以看到海豹……脑海中电光火石般出现这一念头时，忽然（这听上去不太真实，却是千真万确）眼前出现了两头巨大的海豹，动作如同海獭一样，优雅地旋转身体。然后露出肚子，凝视着我，再一个翻身，沉入海底。两头海豹一直表演着"花样游泳"。我看得目瞪口呆。

这一切近在咫尺。这次"与海豹的相遇"是整个旅途中最近距离观察海豹的机会了。

在爱尔兰我也遇到了海豹。

复活节前的一天清早，我离开了在该国小有名气的这个小镇，沿着海岸边的道路向南方行驶。我原本没有决定当天的目的地（当然事先安排了大致的行程，确定了到达那个小镇大概需要几天）。当道路渐渐延伸到下一个小镇的广场和中心地区，我看到了舒适诱人的宾馆的招牌，开始犹豫起来。今晚就在这附近住下呢，还是去前方找更好的宾馆？（在爱尔兰）以前也曾多次期望过高，急于赶路，以至于夜色降临时，不仅是宾馆，连B&B都无处可寻。在当天可能到达的小镇上，如果有合适的宾馆，我会事先预约好。像这样预想外的小镇，一旦看到正规的宾馆，就查询电话号码进行预约后前往。B&B的话，直接过去也毫无问题，但更保险的做法是通过游客中心预约符合条件的地方。然而，这样的话，原本就人生地不熟，因此不到宾馆就不知道周边环境如何，宾馆的好坏就难说了。最稳妥的办法是，驾车四周转转，看到位于满意地段的小宾馆、小客栈或B&B，再打电话确认。但在一般情况下嫌麻烦，所以直接进去询问是否有空房间。但这样还是有点不稳重。年轻时，几乎每次都直接进去问了。

那么，应该在这里入住呢，还是去海边找更好的地方？我踌躇着，缓缓行驶在古老小城的石板路上。

不久，我开到了海边。如今我已经回忆不起来那是一个半岛还是一个完全独立的海岛。如果那儿是旅游胜地,事后查阅导游书,还可以唤醒部分记忆,但它只是一个毫不起眼的乡村小镇。我想不起小镇的名字,深深后悔没有认真写好日记。在海湾或是细长的海峡上架着大桥,大桥尽头是被郁郁葱葱的树木覆盖的海岛或岬角。我毫不犹豫地渡过大桥,沿着海崖旁的道路行驶。左下方似乎是峡谷。但是我不知道是海湾还是河口。右侧是连绵起伏的小小山丘,远处是森林。不时可以看到一些简朴的民宅,没有居民生活的气息,大概是夏季避暑用的别墅吧。不久,我看到一个B&B的立式招牌。对面可以看到道路转了个急弯,那里便是爱尔兰海。从车道旁斜斜地岔出一条仅容一人通过的小径,通往海崖旁的森林。

从房子普通的外观来看,不能指望良好舒适的居住性,也不能期待彻底的简素与清洁,但由于超乎一般的周边环境,我毫不犹豫地停下了车,决定在这里住宿。从挂着招牌的小小正门沿着狭窄的阶梯,登上小山丘来到门口。两个中年妇女正在修整院子。"今天能入住吗?"我询问道。当时是旅游淡季。一个女人停手站起身来,朝我看了一眼,马上点头回答:"可以,请进。"

我的房间如预期的那样,不过反正我打算白天基本都在外面。女主人也似乎心领神会我的"打算",向我介绍道:"前面的这条小路一直沿着海岸,中途会遇到分岔路口,请向左走。景色很漂亮。我们也是对这里的景色一见钟情,才从英格兰搬过来的。""啊,原来你是英格兰人啊。"我信服了。她对人的态度爽快干脆，与喜欢亲近的爱尔兰人不同。"对，这附近别墅的主人大都是英格兰人。那么，一路小心，玩得开心。""谢谢。"

大家都诧异于我在三月去爱尔兰。"最糟糕的季节！暴风雨不断。你不会再想去第二次。""我喜欢。"我和朋友们这样的对话反反复复地进行了数次。但来到当地，连日是平和晴好的天气，连爱尔兰人也在高兴之余，半信半疑，带着不安的神色谈论"最近的天气"。是为什么呢……

然而，在到达时四处零星绽放的白色山楂花已经开满了原野。荒原上，荆豆鲜艳的黄色格外醒目。不久，在公园和住宅的院子里，喇叭水仙将响亮地吹响春天到来的号角。在这样北国的春天，万事俱备，我深深吸入春天的气息，感受到春天近在咫尺。"啊，这不也很好吗？"我感到满足。

沿着B&B女主人指引的小路前进，我看到一些人低头注视悬崖下，他们好像是散步途中无意间来到这里的。其中一人注意到好奇的我："这里有sea otter[①]。所以大家都来观察。""sea……otter……？"对，当时我蠢蠢地不知道sea otter的日语。我知道otter是水獭，那么sea otter是海水獭？我脑海里一片混乱，但姑且问道："呃，水獭一般是在河里的，海里也有吗？"对方也一定在暗想："多么愚蠢的问题啊。"但对话还是继续下去了。"对，这里是河流和大海汇合的地方，能捕到很多鱼。所以，sea otter们也来了。它们马上要来了。"我相信了。

[①] 英语，意为"海獭"。

水獭们为了获取食物，不畏艰辛（因为这片流域的河水中混入了海水），从河流上游长途跋涉来到大海。但是，看了半天，"海水獭"还不出现。于是，我打了个招呼，离开了。向着海边走去。（偏执的假想真是无可救药，如果当时翻查一下携带着的词典，马上就可以知道。在我脑海中的爱尔兰地图上，此后漫长的数个月都栖息着"海水獭"这种生物。）

在海边悬崖的小路上散步，令人无法厌倦。远方海面的波涛中，席卷着不同色彩的潮流和海流交织成的闪光衣带，好像仙女随风飘荡的霓裳羽衣。海崖上的原野上，雏菊骄傲地绽放着，这里的植被与日本海岸边不同。我感到万分诧异，丛生的灯笼海棠竟然开着花。是野生的吧。这不是南方的植物吗？是谁恶作剧般地种下的吗？要真是如此，它是如何度过爱尔兰严酷的尤其是海边的冬天的呢？这至今仍是个未解之谜。

后来我走累了。归途，站在开满雏菊的原野上眺望大海。

忽然，波浪间出现了一个如同浮标一般的黑色球体。咦？我马上想到是浮标，因此并不惊讶。它沉入海里，又在别处出现。细细一看，我不由心中一惊，目不转睛地紧紧盯着它。

是海豹。

而且它还直直地注视着我。

海豹姑娘（二）

找到丈夫藏起来的自己以前的羽衣，回到天界，这是日本著名的民间传说《仙女的羽衣》。在地球上，类似的传说故事能在各地收集到，呈带状分布。这也很有名。在不少关于海豹的民间传说中，最具代表性的，也是取材于"羽衣"的关于"回归"的故事。

故事讲述的是，一名男子偶然发现一群美丽的少女在水边沐浴。在一旁的树丛里放着几张海豹皮。少女们发现了男子，惊慌地穿上海豹皮回到大海。但是，有一个少女找不到海豹皮，无计可施，哭泣起来。因为男子迅速地藏起了一张海豹皮。男子把少女带回家，与她结婚。过了几年，少女在衣箱的深处，或是库房里，或是海草堆下找到了自己的"皮"，回到大海。也有不同版本中说，少女生了孩子以后，孩子发现了海豹皮。

其中一段描写得格外详细。孩子们把找到的海豹皮拿给母亲看。

美人鱼看到以后，非常高兴，两眼放光。
"啊，终于可以畅游大海，回到故乡了。"

少女想到这里，不由心花怒放。但是，转眼看到孩子们，突然心中悲伤不已，将孩子们一个一个紧紧搂住。然后抓着毛皮，匆匆跑向海边。

不久，男子回到家，听孩子们说了毛皮的事，飞奔着追赶妻子。但是赶到海边时，妻子已经穿上毛皮，变成了海豹，从岩石一角跳入大海。于是海里马上出现了一头温和的大海豹，祝贺跳入大海的海豹："恭喜恭喜！终于逃脱了。"（笔者注：与男子结婚的少女常常去海边和这只海豹交谈。但是，男子无法理解他们的语言。）

海豹少女在深深潜入大海之前，注视着男子，与他道别。男子万念俱灰，怔怔地呆立着。海豹看到这情形，不觉同情。

"再见了！我在陆地生活时真的很爱你。但是我更爱最初的丈夫，一直一直爱着。"

——《苏格兰民间传说与传奇故事》

这个故事讲述的是，女子无法融入丈夫所属的群体，情不自禁地"回归"自己灵魂归属的群体。在保留故事的整体框架的同时，如何绘声绘色地讲述故事细节，是讲述者施展本领之处。以前就是用这种方式流传下民间传说的吧。

还有另一个海豹的传说，不是取材于"羽衣"的故事。

从前，有一个擅长捕捉海豹的渔夫。有一次遇到了一个骑马的男子,他说想买大量的海豹皮,请渔夫一起去他家。于是,渔夫一起骑上了马,不久马载着两人跳入大海。男子亮出一把刀,问渔夫是否记得。以前渔夫在屠宰一头大海豹时,大海豹逃入了大海,身上仍插着刀。这正是当时使用的那把刀。渔夫承认了以后,男子恳求道:"那是我的父亲。请救救他。"渔夫很害怕,回答:"这是医生的工作。我不行。"但是,垂危的主人和他的孩子异口同声地说:"只有造成伤害的本人才能治愈伤口。请用您的手抚摸伤口。"渔夫伸手抚摸,一会儿伤口就愈合了。

海豹们感谢渔夫,并送他回家。途中,海豹请求他:"我有一个请求。在你有生之年,绝对不要杀死海豹。"渔夫觉得很为难,但如果拒绝,不知道后果会怎样,因此答应了,安全地回到家。

有趣的是,故事结局并没有提到渔夫是否真的不再捕杀海豹。通常,按照俗套的故事展开方式,一种是教训类的结局,"渔夫深深反省,再也不捕杀海豹了";或者是因果报应类的,"但是,渔夫只是当时敷衍过去,回家后马上又出海捕猎海豹,又抓获了很多海豹。然后,在一个暴风雨之夜,一大群黑衣男子把他拉进海里,从此再也没有回来"。是循规蹈矩、忠于故事套路,还是故意脱离常规、自由发挥?

文中也写道:"不捕杀海豹的话,无法生存。"可以看出,这个故事至少不是仅仅为了惩戒过度的杀生。"只有造成伤害的本人才能治愈伤口",这一点意味深长。

我现在放在案头、进行引用的这本书出版于1977年。这本书是1926年出版的松村武雄①翻译的复刻版。（在前言中写道，"本书进行翻刻，而未新刻"的理由之一是，总编石井恭二先生认为："应当尊重不受主观影响、美观有力的日语的文字书写与表达方式，因此故意放弃了新式的翻刻。"）这是令人深思的内容，能够体会到制作人坚强的信念。

海豹自由来去于陆地与海底，当时的人类几乎无法看到海底世界。因此，人们内心深处、潜意识中认为在深海之处的这个国度是无法统治的世界。人们内心渴望与如同使者一般从深深海底出现的海豹交流。男人们想和这样的"少女"结婚，也可以理解。

海豹回到水底世界。

仙女回到天上宫阙。

我们生活在现实中，但内心希望偶尔可以与"来自异界的使者"进行交流，这也很自然。

即使诗人中原中也②放弃了，他赋诗道：

大海里的，

---

① 松村武雄（1883—1969），日本神话研究者。
② 中原中也（1907—1937），日本诗人、翻译家。代表作为诗集《山羊之歌》《往日之歌》。

不是人鱼。

大海里的，

只是浪花。

当然，"来自异界的使者"无需是海豹、人鱼或仙女。这只是一个单纯的比喻。但是对于来自"异界"的居住者来说，即便与人类有过短暂的接触，最稳妥的相处方式也是，如同"羽衣"的结局，最终回到自己所属的群体中去。

如果真心试图"相互结合"，这将是一个拼上"死和再生"的殊死挑战。能避免就应该避免。

不管怎样，当时我在爱尔兰的小山丘上偶遇的是货真价实的海豹。

海豹姑娘（三）

当夜，我带着读了一半的书，进入B&B的阳光房。我晚上不能摄取咖啡因，所以带上了花茶的茶包。用主人准备好的茶壶泡了茶，单独一人坐在沙发上，拉近暗暗的落地灯，开始读书。

"不冷吗？"这时，女主人进来了，"客厅也有暖气。"

我回答："没事。"这个空间被玻璃阻隔开来，如同温室一般。到了夜晚，能够充分感受外界的夜色，但即使开着暖气，也稍稍感到一丝寒意。

女主人不经意间瞥到我合起来的书的封面，一下子脸上泛起了红潮。

"佩格！"

我对她激动的眼神感到困惑，点头道："是的。"

"为什么是这本书？咦？你已经去过凯里了？去了布拉斯基特岛吗？"

"正打算去。"

"那么，为什么？"

"嗯……"我更不解了，想着：该从哪儿说起呢？

有一位我所敬爱的老年朋友，她现在卧床不起。我认识她是在数十年前，那时她还很健康，不过也已经是一个老妇人了。她是一个自尊心很强的爱尔兰人，现在也是。她经常向来自异国他乡的我介绍爱尔兰的美丽风景，也谈到了盖尔语。以前，当她还是在都柏林大学学习数学的年轻女学生时，在天生的好学本性和爱国心的驱使下（我这么认为），去爱尔兰各地收集盖尔语。这本书应该不是当时找到的，但后来她送给我的爱尔兰短篇集和诗集中有这本书。幸好是用英文写的，我也能读懂。在这次旅途中，我打算读完它，所以带上了。

女主人点头，低声嘟哝："佩格·塞耶斯[①]。"

"觉得怎么样？"

"我还没有读完。"

"啊，是吗？"女主人再次点头。

我意识到不能让她失望，于是说："但是，我非常喜欢这样随意描写往昔生活的书。尤其是讲到布拉斯基特岛的地方……"

女主人接过我的话："曾经那样富有生机的布拉斯基特岛，所有的居民几乎同时去了美国。现在那儿成了一个无人的荒岛。一想到这里……"

我一瞬间再次打量了她的脸。

"您知道得很详细啊。"

虽然事出偶然，但我如同被召唤一般进了这个 B&B。我现

[①] 佩格·塞耶斯（1873—1958），爱尔兰作家、盖尔语学者。

在似乎有点明白理由了。

"我朋友的祖先来自那个大岛，"女主人三言两语地说道。"以前，我在这里安家落户之前，去过布拉斯基特岛。在对岸的什么中心，好像是布拉斯基特岛纪念馆一样的地方，发现了这本书。"

"这本书有一种明朗的寂寞感。"我小声说。

她微笑道："对对。"然后我们谈了一会儿佩格，说她是个具有超人记忆力的人。她记录下了日常生活中琐碎的小小悲哀与喜悦，没有英雄豪杰，没有名人轶事，但每天都充满了激情。而如今，这一切都成为被人遗忘的荒岛的记忆，保留在这本薄薄的书中。

是的，这本书本身不厚，文体也不难。然而，明显是从盖尔语翻译过来的生硬的英语，不易读懂。以英语为母语者应该几个小时就读完了，而我处处受挫，时而将书搁置一旁、遐想片刻后再继续阅读。

"那个岛上真的什么都没有了吗？"

"房子的地基之类的还在。"

在肆虐呼啸的西风中，几乎万物都难以抵抗吧。在风中，"回忆"如亡灵一般时隐时现。

"现在还能像以前一样乘坐皮划艇上岛吗？"

对我的问题，她莞尔一笑："怎么可能呢？"

爱尔兰皮划艇是爱尔兰西部（不，应该说是曾经）的皮划艇的一种。在用树枝搭构的框架上，蒙上海豹皮和牛皮等动物皮，再涂上煤焦油，因此具有黝黑的外观。

后来，我在西部地区丁格尔附近的海边，看到"把过去的皮划艇进行了复原的"的实物，如同小鲸鱼肚子朝天，进行晾晒。我事先在当地报纸上看到配有照片的新闻，声称是"把过去的皮划艇进行了复原"，因此在散步时我一看就意识到了。当时我在丁格尔逗留了大约一周。如果仅记录制作方法，几乎和爱斯基摩人的柯亚克皮划艇毫无差别。但爱尔兰皮划艇是开放式甲板的，和日本的"小船"相类似。大的皮划艇可以容纳不少乘客，因此人们用它来向海岛运送物资或捕鱼。

在爱尔兰皮划艇上体验到的关于大海的记忆中，诞生了各种故事。古代的盖尔人相信在西方的海上存在长生不老的乐园——不老之国。

"啊，但是，现在还有皮划艇，不过是用玻璃纤维制成的。"

"原来如此。"我赞叹道。然后谈起了白天看到海豹的事。

"啊，我也看到过。你知道吗？盖尔人是海豹的好朋友。"

"是，知道一点。"我回答。

晚上，在床上静静聆听潮水的声音。那些海豹安睡在海边或者岩石上吧。也许湿漉漉的黑色毛皮在月光下银光闪闪。它们不经意间抬起的鼻子对面，是月亮。在夜晚的海面上，月光映照出一条通道，直指它们存在的地方。

仙女的羽衣和海豹皮归根究底都是附着在主体上的，主体如果不飞翔或者不潜水，也不是不能存活。因为她们的确曾经这样生活过。只要满足生物生存需要的最小限度的功能就好。但有一部分人仅仅如此的话,感觉像是"行尸走肉,没有活着"。决定个人性格的"某物",令人感到迫切地需要,甚至能舍弃关爱养育的孩子。

为了在天空中飞翔的,羽衣。

为了在深海中畅游的,毛皮。

为了生存,追求超越仅仅"生存"的"某物"的人们。

海豹姑娘们。

我在次日离开了B&B。早餐时,女主人告诉了我她抛弃以往生活、选择居住在这里的缘由。我不能在这里一一写下,但她说的一句"with desperate effort",令我始终难以忘却,至今仍然时而浮现在我的心头。

with desperate effort——

由衷渴望的心灵。为此而进行的殊死努力。

河流之息　森林之音（一）

　　……这样漫无目的地闲逛着，忽然来到了河边，满溢的河水不停奔流着。小鼹鼠感到无比的心满意足。因为他从没见过河，这闪闪发光、蜿蜒曲折、身材粗壮的生物。……小鼹鼠如同着了魔似的，心驰神迷。他沿着河岸，跟随河水奔跑，如同孩子不依不饶地紧跟着大人，听他讲惊险故事一般。终于，他跑得筋疲力尽，在河边瘫坐下来。河水却依旧热切地不停倾诉，从身旁流过。大河说的是世上最有趣的故事，是它从深山带来的，要告诉怎么也听不腻的大海。

　　　　　　　　——肯尼斯·格雷厄姆《柳林风声》

也许的确存在一种遗传基因，有关是否能够享受水边的乐趣。而且，这种基因大都遗传给了欧美人，而不是日本人。

我在英国留学时，邻居爱尔兰人老婆婆萨丽每周三下午都会邀请我去喝茶。为了理解英国人，必须精通他们灵魂深处至亲至爱的莎士比亚、《圣经》和鹅妈妈童谣。无论别人引用哪一段，都应该马上反应过来。这是当时我的目标（？）之一

（虽然最终这三个都没有成为我的灵魂的一部分），因此一边喝茶，一边让萨丽协助我完成这个奢望。我朗读其中一段，她讲述相关的有趣回忆，并帮我纠正发音。一天下午，她说：这本书可能比鹅妈妈童谣更有意思，在英国人的心目中，同样占据着举足轻重的地位。她递给我的是《柳林风声》(*The Wind in the Willows*)。我大声朗读的时候，萨丽似乎真的很满足，很快乐，或吃吃地笑，或微笑点头。

萨丽现在已经卧床不起了，我去探望时，她总是眼睛放光、异常高兴，但不知道她是否真的认出我来了。我最后一次去的时候，忽然想到像以前一样朗读，她依旧如同往日一般，听到同样的地方就开心地吃吃笑……

数日前，我终于去了梦想已久的北海道的河。在体验这令人激动而喜悦的一切时，反复出现在我脑海里的是这本书的内容。

从去年开始我就一直说想去北海道的河划船，但原本计划新年出版的新书，却一而再、再而三地拖延下去（因为我始终没有写完），三月、六月，终于快九月时，新书问世了。尤其是夏天，我集中精力进行撰写的最后冲刺（完稿以后，在校对完成前，也尽可能地进行了修改），以至于完全没有时间划皮划艇。不仅如此，我感觉已经筋疲力尽、文思枯竭了，但也是自作自受，一段时间后，感觉又写得出了（最近我才终于认识到，这里的"感觉写得出"和"真正写完"之间相隔绕地球数十周的距离）。

河流之息　森林之音（一）

恢复了一点能量以后,我又开始想划船。好吧,这次一定要去北海道!我下定决心,计划和皮划艇初学者编辑 K 一起去。

"说到皮划艇,感觉是充满力量、非常危险的运动啊。"这是 K 对皮划艇的印象。因此,至今为止她也不听我的劝说,不想尝试。"充满力量……嗯,我知道的确有那样的皮划艇,但我也没有那样的运动神经和体力啊。"

"嗯,读了你的散文,我感觉有些明白了。"

"好!"我在心底暗暗祈求。一定要让 K 觉醒并认识到水边的乐趣。如果我的文章连负责的编辑都不能说服,那不是意味着毫无魅力可言吗?

这次在北海道帮助我们的 M 是杂志《RISE》的资深编辑。我开始调查北海道的自然环境时,较多地参考了这本杂志。

那一天,天空一扫前一天阴郁的天气。M 联系了居住在小樽的 S 和他的儿子——小学五年级的达达,一起去余市河游玩。达达初次挑战单人划船。我看到 S 略带担忧的表情,也目睹达达勇敢挑战翻滚白浪的河滩的身姿,展现出青春期"小大人"应有的顽强无畏,不由心中感慨。我们花了很多时间组装皮划艇时,他也毫不抱怨,一个人发现逆流而上的大马哈鱼,默默地玩耍,在紧要关头帮助大人们组装。在漫长的等待之后,终于可以出发了。K 也兴高采烈。

事实上,能在北海道余市河进行皮划艇初体验,K 的皮划艇人生真是幸运地开了个好头。

于是，小鼹鼠马上意识到自己正坐在真正的船上，不由又惊又喜。……"你知道吗？我以前从来没有坐过船呢。"

"什么？"老鼠惊讶地合不拢嘴，叫起来。"从来没有——你以前——嗯——那么，你至今为止一直在做什么呢？"

在河面清风的吹拂下，也多亏S在后面划船，K略带紧张的表情渐渐变得柔和起来。我看在眼里，心里也充满快乐。

"船有那么好吗？"小鼹鼠不好意思地问。

但是，无需多问……只要随船漂荡在水面，答案显而易见。

"你问有那么好吗？没有比船更好的东西了啊。"老鼠猛地前倾身体，边划船边正色说道。……"如果你今早真的无事可干，一起坐船慢悠悠地玩一天怎么样？"

（听到这里）小鼹鼠不由高兴地手舞足蹈，心满意足地感叹，激动得胸脯起伏，最后懒懒倒在柔软的靠垫上。

"多么美好的一天啊！……"

两岸的景色已经完全入秋了。色木槭的树叶是透明的柠檬黄色，而树林中最醒目的是虾夷山樱偏黄的亮红色。如烈焰般的大红色是日本槭和山葡萄。岸边簇生着高大修长的柳树群。微风吹来，片片树叶轻轻晃动，闪烁着阳光的辉煌。处处能感受到风，感受到干燥空气的移动。

"啊，好舒服啊！"我不由喃喃自语。河面上处处是白浪滚滚的浅滩，坐在船尾的 M 负责划船。（这本来违背我的宗旨，但反而会给 M 带来干扰，我感到抱歉，静静听从了他的指示。结果，这是何等的轻松与愉快啊！）但是，既然带来了船桨，还是想在不干扰他的情况下，使用一下。这支船桨是 B 皮划艇中心的 K 推荐的，他说如同"羽毛一般轻盈"。那天，我是第一次使用，这也是令人兴奋的原因之一，真的像羽毛一样。无可挑剔的一天！

……河水追逐着，轻笑着，呱的一声，抓住了什么，随即又大笑着放开，跑向其他的玩伴。于是，对方也逃脱出大河的掌心，又再次被捕捉。整条河都在颤动——闪烁、发光、闪耀、吵嚷、打旋、窃窃私语、吐出白沫。……

缓缓地蜿蜒曲折的水面前方，一群野鸭飞起。每次在天空翻身的瞬间，由于翅膀的角度问题，在阳光下，野鸭群突然消失，又再次出现。一对山翠鸟忽然飞起，驻足停留在前方的树枝上。没想到竟然能在这里看到山翠鸟！太出乎意料了。如果不是后面的 M 提醒说"啊，那是山翠鸟"，我都不会觉察到。我第一次、也是最后一次看到山翠鸟是在九州雾岛的溪谷中，大约鸽子般的大小，如同摇滚歌手一般头上竖立着羽毛，那滑稽的外形令人过目不忘。

不久，在皮划艇的旁边和前方，出现了竖着背鳍的大马哈鱼，它们逆流而上。K也似乎发现了，默默注视着。我来不及提醒她，在她的前方，苍鹭正优雅地展翅横穿河面。大马哈鱼的动作并不敏捷，只要伸手，就能触及。但是，看到它们伤痕累累、摇摇晃晃，只凭毅力在游动的样子，不由被其气势压倒，根本不敢伸手触摸，只有充满敬意地默默守护。对了，在来路上，有一处河底有大马哈鱼挖过的痕迹，我得到指点：那大概是大马哈鱼的产卵地。

在这个时节，大马哈鱼发生惊人的变化，连脸型都不一样了；牙齿尖锐，无法伸手进去；即便结束了产卵，也至死不离开产卵地；即便被乌鸦啄掉眼珠，也不离开。

鱼的尸体在岸边漂浮，有些在中途慢慢分解了，也有一些漂到入海口，最终回到大海。

过了一会儿，（很遗憾）我们到达了上岸处。出发前，M和S一起把车停在那儿后再回来，他们那时说的话我现在终于理解了。"下游不得了了啊⋯⋯"

河面上设置了鱼梁，河水被拦截。溯流而上的大马哈鱼如同在摇晃拥挤的电车里，迫不得已地被阻挡在那里。然后，它们被赶入鱼笼。大马哈鱼沿着鱼笼，拼死剧烈地挣扎，企图爬上来。它们已经遍体鳞伤了。

那种震撼人心的悲壮场面也感染了旁观者，令人感到难受。"哇⋯⋯"惊呼一声后，我们都沉默了。

"看了这样的场景，感觉渔业合作社的人太冷酷无情了，"M轻轻说，"可是，他们也是花了很大费用以后才放流鱼苗的（大家都需要生活）。"然后，他又加了一句："不过，还是想稍稍打开一个口子啊。"

我不由低头微笑，内心暗想："啊，M就是这样考虑方方面面、掌握好平衡的人。"

现在，采访也是M的工作之一。对从事自然方面工作的人进行采访和记录也是他的工作。这些被访者大抵不善言辞，因为他们工作的对象是无需语言的大自然，没必要口若悬河。但是，如果希望世人能更多地融入大自然，而且不是以一种利己主义、一知半解的方式，而是最大限度地与不受人类影响、可持续发展的大自然和谐共处，使人们体验到户外活动的快乐，这还是需要双方之间的桥梁、一种类似"翻译"或"协调人"的人。简而言之，M的工作理念也在于此。他处于自然与人类之间，处于从不同角度看待事物的人与人之间，"民"与"官"之间。

"嗯，怎么说呢，一种冲动，想让它们能繁衍下去。"我对大马哈鱼的气势感到震撼，低声说。

"但是，应该有逃生出口，因为上游有那么多鱼。"K觉得不可思议。

"是啊，是那儿吗？还是这儿？"我们开始寻找出口。

白铁皮板（类似的东西）的鱼梁跨越整个河面，（对于大马哈鱼来说）如同高高耸立的壁垒，想要穿越后游向上游是完全不可能的。

"不过，你们看，那儿。"只见K手指之处，垂直的白铁皮板（？）稍稍向上游倾倒了。"也许是从那儿翻越过去的吧。"

然而，这对大马哈鱼要求相当苛刻，它们几乎要爬上岩石，在毫无防备的状态下，继续前进，才能从那儿翻越过去。

"啊，原来如此。对，可能性是有的……"我半信半疑。处于前排的大马哈鱼被阻挡住去路，后面的鱼儿层层叠叠地拥上来，几乎处于恐慌状态。它们怎么可能在如此宽阔的河面上，找到这个不起眼的小口子呢？

鱼梁前方有一条细细的小沟，也游满了鱼儿。达达随意地抓住其中一条的鱼尾，战战兢兢地举起来。好大！真棒！我们欢呼起来。那一瞬间，达达（似乎）学会了捕鱼"技能"。我想给他照相，他从容不迫地微笑着举起鱼儿。大马哈鱼惊慌地挣扎，甩动身体。在阳光下，金色的鱼鳞闪闪发光。

"看，那儿有鱼翻过去了。"K兴奋地大声说。大马哈鱼从那倾斜处翻越过去了。"真的呢！啊，又来了。"

大马哈鱼只要看到一丝希望，就毫不犹豫地勇往直前。即便毫无防备地全身暴露在空气中。

淡蓝的天空深邃高远，云朵悠悠飘过。

闪闪发光的是生命力。

无论是人类还是大马哈鱼。

无论是小鸟，还是树木、河流。

河流之息 森林之音（一）

河流之息　森林之音（二）

"空知河，感觉很难啊……还是很难吧。"

我们计划几天后去东京大学教学实验林，我在地图上确认方位，无意间看到了流淌在实验林中的河流。我轻轻说出它的名字。

"空知河，很不错啊。对了，去空知河吧。"M若无其事地答应了，向我点点头。我简直不敢相信忽然从天而降的幸运（同时有些胆怯）。

但是，K由于种种原因，要返回了。我劝说她一同去，但她坚持最初安排的日程，没有答应。去余市河之前，我就开始了劝说。到了余市河后，每当看到她尽情享受河上之旅的样子，M总是高调地说："哎呀，太遗憾了，K真的今晚要回去了吗？"企图让她改变主意。可怜的K内心不断在斗争。

余市河的旅行接近尾声时，我们去了一家价廉物美的料理店。它位于一家鱼店的二楼，鱼店老板特别豪爽好客。我们大快朵颐了海胆、海蟹、鲑鱼籽等后，M似乎为了消除我对空知河的恐惧，若无其事地说明道："空知河水质非常好。真的很干净。不危险，没事的。"这时，在远处的达达凑近来说："阿俊，空知河，就是去年你翻船的地方吧。"他毫无恶意地确认着。阿俊也就是M，一瞬间无语了，但依旧不动声色地说："啊，那时是有点大意了。"我不由觉得可笑，感慨道："达达，你的消息来得真及时啊。"他并不多嘴，但在适当的时机会提供人们需要的信息，比如提醒我帽子上有椿象。有些人会保持着旁观者的距离，自然而然地关注整体。达达一定会成长为这样的大人吧。

其实，前一天打算去美美河划船，但天公不作美，只好作罢。他们开车带我们观光了一下。在去支笏湖、天鹅湖的路途上，听到了不少关于皮划艇的生动有趣的故事，天气预报也说有强风，我觉得划船的希望渺茫。但一路行来，看到美美河时隐时现，其魅力能与泰晤士河上游媲美。"啊，真想在这里划船啊！"我不由叹息，同时又抱怨起来。（因为能如此符合我的条件的河，为数甚少。我怀抱刊登着美美河专题的《RISE》特意来到这里了……）也许我深深的失落感谁都能看出来吧（现在想来，我好像一直在遗憾抱怨，太孩子气了）。一定是M看不过去了，才邀请我去空知河的吧。

与S父子道别后，从余市去札幌的归途，几乎都是沿海的道路。车窗外是石狩湾。渐渐地，后方扩散开来的晚霞染红了车窗外的风景。不知不觉中，天空已与大海同色，道路上、车窗外，连大山亦如此。车内无人感叹发声，唯有呆呆观赏。

空气中一切细微颗粒都映照着晚霞的色彩，不是玫瑰色，也不是深棕色，是雾霭一般难以想象的朱红色。也不用纠结光源，那种不可思议的亮光如同从颗粒内部透出来的。

该如何形容呢？我怔怔地想。考虑片刻，还是放弃了。

是的，就像这样，由于锋的移动、远处产生的低气压与高气压、暴风雨之前与之后等各种条件相互作用的结果，造就了如此绝美的气象现象。人生也会毫无征兆地出现令人费解、难以置信的偶然情况。真是如同陷阱一般的一瞬间。

次日也是晴空万里。坐上迎接我们的车，从札幌近郊向着空知河进发。途中，鲜艳的红叶惹人注目。在富良野市某一便利店的停车场上，我们见到了当天一起活动的其他成员。

"他是小Mt，'水獭俱乐部'的会长。"M一一介绍了小Mt、他的表亲小T、友人小K。他们都是独当一面的社会人士，如果不称呼为"先生"，有失礼节。但他们如同学生一般青春爽朗（我最初真的以为是学生）。倘若我加了"先生"，读者无法感受到他们的朝气与年轻。因此请允许我倚老卖老，在本文中用"小"来称呼。

听M介绍时，我注意到了"水獭"一词。在拙著里，水獭曾多次登场，因此我对它抱有亲近感。的确，他们都高高瘦瘦，没有脂肪（小Mt说是由于他节制饮食的缘故），如同"水边的生物"。"水獭俱乐部"纯粹是以水上娱乐为目的的组织。之后，经过了解，发现那原来是非常认真又轻松有趣的"俱乐部"，我听着，时而大笑，时而惊呆，时而佩服。光听故事就喜笑颜开、精神百倍了。

然而，当时我不太明白怎么回事，在空知河上划行后，突然小Mt从前方小船上跳入水中，开始游泳。我大吃一惊。但

M毫不惊讶:"啊,你不是说在断食中,今天不游了吗?"

小Mt并不是穆斯林。我想以后还有机会谈到令人舒爽又沉静的"节制饮食"的,因此不再展开。之前注意到,他在船上注视水面,陷入深思的样子,此时,M也在进行实况解说:"小Mt现在有些不满。这个地方达不到期望的水深啊。"但我还是不能理解:"怎么会这样呢?"

这里是北海道的盆地富野良,空知河的河水是从山上流淌下来的冰冷山泉水,而且现在已经马上进入十月下旬了。后来才知道,那天空中飞舞着雪虫(又称绵虫,常出现在晚秋)。然而小Mt全然不顾这一切,仅身穿短袖的潜水服,像奥菲利亚一样随波漂流……① 他沉浸在自我满足中,充满快乐。

然后,他轻快地游过来,对着目瞪口呆的我说:"其实只要像这样泡在河水里,可以不需要像皮划艇那样的东西。因为有皮划艇,所以我有时也会坐。"

小船轰隆一声撞向岸边,沉浸在美梦之中的快乐船夫双脚飞到空中,滚落到小船底部。

"坐着船,要不就划着船。"老鼠哈哈大笑,爬起身来,淡定地继续讲着。"在船里或船外都没关系,这才是有趣之处。无论是去哪儿还是不去,到达了目的地还是到达了别的地方,或者哪儿都没到,我们总是忙碌着。……做完一

---

① 源自莎士比亚的戏剧《哈姆雷特》。

件事，总有另一件事需要做。所以，如果你想做，就去做。但是，不做也可以。……"

——《柳林风声》

中途，我们登上了河岸。我还在不知所措之际，他们迅速地收集来了用来引柴的小树枝和当作薪柴的大树枝，马上生起了暖暖的篝火。

"他们对于篝火很讲究。有一些不成文的规定，比如不像露营篝火一样搭成井字形，对别人的篝火不擅自动手。"M解释道。

"生篝火这件事，有一种只有生火人本人才能体会的细微感觉，比如燃烧的树枝的整体平衡感，一条条树枝的不同特征，现在处于哪个阶段，等等。因此旁人不能中途擅自加入枯枝。这是一条体贴的规定，尊重生篝火的同伴，令他充分地乐在其中。"

啊，这一点我能理解。在九州的山中小屋里，我们使用的是木材暖炉，我对生火有独到之处。的确，我不希望别人触碰自己生的火。"现在只有我才最了解火的情况。"我满脑子是一种奇怪的自负与轻微的紧张感。

"所以——'嗯嗯，现在的状态很完美。'生火人沉浸在喜悦中，不可以打扰他，要让他尽情享受满足感……"

这的确是一种体贴。

他们站在篝火前，潜水服开始氤氲升腾起白烟一般的水蒸汽,这是一幅令人目瞪口呆的奇妙景象。T的潜水服冒出的"白烟"尤其惊人。应该还是很冷吧,真可怜。我边想边目不转睛地盯着"白烟"。我担心是不是燃烧起来了,他们回答:"烧起来之前会觉得烫。"嗯,也对。"白烟"的势头减弱了,他们转身继续烘烤背部。前胸后背,仔仔细细地烤干。"白烟"接着滚滚而出,太厉害了,我继续牢牢盯着。反而,他们关切地问我:"冷吗?"我全然不冷。因为,我穿得严严实实的。刚一到达,他们就递给我一件干式防寒衣:"请穿上这个。"然后再穿上划桨夹克,戴上帽子和划桨手套。脚上是短袜一般的东西,以前在B皮划艇中心女店员和T两个人大费周章地帮我寻找"适合我穿的、像袜子一样的划桨鞋(因为我不喜欢穿划桨鞋)",扒开库存商品的小山,奇迹般找到的(估计是儿童用品)。接着我又穿上了借来的橡胶雨鞋。之后,小Mt仔仔细细、庄重严肃地帮我穿上了救生衣。这简直像公主的待遇啊!我一瞬间感到激动,但其实这是我"错误的认识",这是他们出于"敬老爱老"而自然表现出的体贴行为。嗯,应该说"得到了关怀"(小Mt小声嘟哝的一句"这样即便落水也没关系了",令我有些难以释怀)。

但是,我回答道:"我对'表述亲身体验'这件事也是全力以赴的,因此,即便落水,也算是如愿以偿。"但心中也担心太装模作样地落水。最理想的是,遭遇"无法避免"的情况,产生"没有办法"的必然性。

是幸运还是不幸,结果并没有发生这样"无法避免的状况"，我丝毫没有紧张，没有分泌多余的肾上腺素，只是静静地享受深山幽谷的清流。

他们熄灭和处理篝火又是那么快速敏捷，转眼间河滩又恢复了原貌。他们看似漫不经心，其实非常细致。

在整个旅程中，如同树林的讯息一般，不断从森林深处传来的芳香简直妙不可言。那种芳香里包含了落叶在阳光下渐渐干枯而产生的干燥又纯净的幸福甘甜，或者更具体地说是连香树的气息，再加上针叶树明显的挥发性气味，还有果实落地后缓缓发酵的倦懒香甜味，也包括生长出的蘑菇又消亡回归到腐叶土的复杂过程。

小河流淌过森林，气息也在不断微妙地变化着，被澄净的空气运送而来，恭敬地呈上。穿越林间吹拂而来的清风依偎着河道，诉说着森林的起源与过往。

"啊！这是秋天的气息。"

"这个季节独有的气息吗？"

"对，秋天大山的气息。其他季节没有。"

……鼹鼠陶醉在这波光、涟漪、气息、水声、阳光里。……"啊，抱歉，你刚刚说什么？"鼹鼠回过神来，"你一定觉得我没礼貌吧，也不好好听你讲话。但是，今天所有的一切对我来说太稀罕了。也就是说——这是一条河吧？"

"也就是说？不，这就是河！"老鼠纠正道。

小 Mt 爬上了前方的巨岩，好像在犹豫要不要跳进水里。他最终放弃了这个念头，回到船上。充气船里没有安装座椅，因此几乎像个筏子。这样的话可以随意调换船头船尾，自由自在地跳水或上船。在船上，他和小 T 表兄弟两个人相对盘腿而坐、互相凝视、娓娓而谈。两人都是三十五六岁的年纪。这景象有些奇妙。

"兄弟俩关系真好。"M（似乎感到有些有趣又可疑）也发出感叹。

小 K 一直在船尾保持距离，划着船。我心中感谢他种种周到的照顾，不时回头看看他的身影。

即便在尽情享受"气息"之时，我也知道 M 全神贯注地留意着前方的"声音"，奔流在浅滩上的水声、水势，等等。小 Mt 双膝跪在船上，像孙悟空一样（M 向我介绍他时说："他对空知河了如指掌。"在河上的他真的如同孙悟空一般自由自在，连旁观的我也感到心情舒畅、无拘无束），凝视前方。他在寻找安全的航路。河流是有生命的，每时每刻，不断变化。

（M）不断翻越一个个"浅滩"，笑语喧哗、奔腾不息的河流稍稍平静了一些。

可以望到远方的芦别山。原本浑然一体的天空和山色渐渐轮廓分明起来。

"太阳西斜，光线的角度发生变化后，树林又有别样的感觉吧。"

真的，看上去阴影更浓重了。

"这里是盆地，日落得早。"M他们聊着，似乎有些遗憾，有些寂寥。

上岸以后，趁着男人们在换衣，我无所事事，便去看看附近的植物（即使是路旁的植物——蜂头叶、虎杖、大车前草都巨大无比）。忽然草丛里有个小小的身影窜过去。我吃了一惊，屏息凝神，仔细观察，但它不再出现了。老鼠？不会吧。可是……

可能是老鼠。……老鼠！以前，在萨丽的暖炉旁，那只令人怀念的老鼠！正是它教会了我河流的乐趣。在听到故事的那一瞬间看到了奇迹，我要把那荣耀的一瞬间再次珍藏在记忆的宝盒中。

"老鼠，宽宏大度的朋友！……这次你能放我一马、原谅我吗？能像以往一样对待我吗？"

"这点小事，没事的！"老鼠响亮地回答，"河鼠淋湿一点有什么关系？我在水里的时间比在岸上的时间长呢。别这么过意不去了。而且，你啊！……我可以教你划船和游泳，这样你马上可以像我们一样在水上无所不能了。"

鼹鼠听了老鼠这一番温柔的话，感动得说不出话来，用前爪背擦去一两滴眼泪。聪明的老鼠把视线转到了别处。……

"啊，老鼠！"

在美美河汇入天鹅湖之处，有一个野鸟观察点。之前我也提到过，旅行第一天，乘车游览美美河时，我们在旅途的终点——那个观察点度过了美好的时光。我们走出来时，走到与森林融为一体的观察点前，M手指着即将崩塌的石墙，飞快地说：

"咦？老鼠？"

"那里刚刚跑过一只老鼠。不要动，一定马上……"

于是我们屏息凝神，在石墙边静静等待。于是，我真真切切地看到一只小老鼠的背影，它不慌不忙地从即将倒塌的石块内部的洞穴中跑过。

"啊！找到了，老鼠！"

"看到了吗？"

"看到了，真的！"

这真是福星高照。我暗暗窃喜，因为在那一瞬间，我就坚信次日开始的水上之旅得到了祝福，默默庆幸自己的好运。

河流之息　森林之音（三）

树木中，我最喜欢阔叶树。它给人的感觉是大气包容，而针叶树总似乎很小家子气。

但是，我也曾感受到在连香树林里漫步的神清气爽。以前造访友人在康涅狄格的别墅时，小屋位于云杉林中，我也曾被"精神层面上的舒畅"而打动。在阅读翻译作品时，对于云杉与针枞的描写，令我心向神往。因此针叶林对我而言，"虽然关系不亲密，但只要它们愿意接近我，我有预感也会与它们成为好朋友"。

为什么呢？比如与山毛榉相比，针叶林总有一种拒人于千里之外的印象。但也并非强烈抗拒，它们似乎有些心不在焉（在这一点上，阔叶树，比如柞树，总是充满好奇地主动凑上来，想要交流："唉唉，你想要独角仙吧？你在等橡子落下，对吗？"）。

然而，这次在北海道东大教学实验林看到播种床上发芽后两三年的红柞树、柞树和冷杉，我对针叶树的印象稍有改观。发芽两年后，也只长到笔头菜的高度，三年后也只有铅笔的高度和粗细。我感到新鲜又惊讶。

三十年过去了，也只有城里卖的最小的圣诞树大小（四五十厘米高？）。八十年过去了，只有小学低年级学生的身高。在昏暗的森林里，出于偶然或必然的情况，周围的大树倒塌，一旦太阳照进来，它就会不断茁壮成长。对于一株株针叶树个体而言，时间的长度与动物一定有关键性的不同。

我想详细了解一个问题，就是"二战"后欧洲落叶松和日本落叶松进行杂交之后的结果如何。去年我在札幌的旧书店发现了当时北海道大学的教授在去北欧进修时写的散文。他淡淡地写道："可以期待这种杂交落叶松抗病虫害、生长速度快，但需要几十年的时间来检验研究成果。"我看了以后，急切地想知道结果。因为已经过了不止几十年，而是半个世纪了。

第一天，后藤老师（以下略称为后藤）带我们参观森林。在树木园的前院里，也许是作为样本，栽种着各种落叶松。除了落叶松，还有不少牛肝菌科蘑菇。最近我对菌类植物兴趣浓厚，于是欣喜地拍了不少照片。我们兴致勃勃地听了播种床的介绍，得知杂交落叶松也安然无恙地延续繁衍着，在秋天美丽的园内尽兴散步后，坐上吉普车，向森林深处开去。

应该是走在野生林里的时候吧。在一片寂静中，忽然头上刷啦啦地拂过一阵风，哗啦啦哗啦啦……我想：啊，那是白杨树。

"这附近有白杨树吗？"

"嗯？啊，是的，在那儿。"沿着后藤手指的方向，混杂在柞树和冷杉丛中，在些许明亮之处，孤孤单单地伫立着一株白杨树。抬头仰望，只见片片树叶闪闪发光，如同孩子们在欢乐地挥手一般。

又继续前行了一会儿。"那是辽杨树。与白桦树相似，但树干颜色略深。白桦树像个发光体。"

确实是的。我喜欢辽杨，尤其对银辽杨有一种近似崇拜的喜爱。但是关东地区以南很少见。我也曾数次为了找寻银辽杨去旅行。叶片背面是银白色的短柔毛，犹如进行了"内部起绒"加工。在风中，叶片两面都闪烁着金属的光泽。它是阔叶树，却给人无机物的印象。

银辽杨、辽杨、白杨都属于杨柳科杨属。杨属是我喜爱的树种。它们构成了"森林之音"。

次日，带我们参观的是森林负责人酒井秀夫教授（以下略称为酒井）。听说他考察了加拿大阿尔贡金刚刚回来，不顾车马劳顿就来接待我们，实在感到抱歉。但阿尔贡金是我初次乘坐皮划艇之地，具有特别的回忆，这个巧合令我欣喜不已。我连珠炮似地询问了很多问题："那时我夜宿在阿尔贡金的山中小屋里，原本很期待听到狼叫声，但也许季节不对，没能听到……您听到了吗？出现驼鹿了吗？"酒井微笑着认真解答了每个问题。"对了，我在这儿看到北海道的红叶，其实脑海中一直在回想阿尔贡金的红叶。本州，比如京都周边的红叶充满了深情，而那儿的红叶却有一种通透明亮、洒脱大气的独特的美。"

"我去的时候也是这个季节，红叶非常漂亮。"

"我去的这次却连续下雨……"

真是遗憾。只有天气是人类无法左右的。晴天或下雨，我都喜欢，但是在带有目的性的旅行中，还是希望天气能最大限度地配合达成旅行的目的。

无论是后藤带我们参观时，还是之前与M一起从札幌近郊来空知的路上，这几天所见的红叶都是出乎寻常地美丽。不仅是来旅游的我，连当地人都在交口赞叹："今年的红叶分外漂亮。"我太幸运了。每当看到令人眩目的美景，吉普车都驻足停下。

虾夷山樱那澄明的红色、日本槭的大红色、连香树与色木槭那如同采集了阳光的亮黄色，处处点缀着冷杉的深绿色。同样的树种在不同环境条件下也会不同。红叶那种细腻的美丽就在于一棵棵各不相同、独立的树组成一个完美整体。

一般来说，人类社会也是如此吧。

我们一边兴致盎然地听着解说，一边望着左边吉普车窗外的溪谷。在森林里行驶了很久啊。这么想着，吉普车忽然停下了，我在他们的招呼中下了车。啊，空气太清新了。我不由贪婪地吸了几大口，几乎要引起过度通气症状。

右侧斜坡上覆盖着鲜绿的苔藓，处处涌出汩汩的山泉水。我陶醉在这美景中。

"这将成为西达布河的干流。"

清澈的水流令人几乎不忍穿着雨鞋进入。我跟在酒井身后，一步一步登上溪谷。

"啊，不要走那里，那里是白斑红点鲑的产卵地。"酒井手指着我的脚边。为什么他能记住这样的地方？我觉得不可思议。这里看似普普通通、没有任何标记，他竟然能记住？这一片跟旁边那一片有什么区别？话说鲑鱼会在这么浅的水流中产卵吗？

酒井掬起一把从岩石背面流出的底流水，喝了一口："很好喝，请尝尝。这一带没有棘球绦虫，可以喝。"

我之前被告知北海道的河水看似干净，但都可能受到棘球绦虫的污染，不可饮用。

我也跟着喝了一口。彻骨冰爽，甘甜清洌，似乎能感到矿物质的具体形状。

"这里是日高山系北部。"

听了酒井的介绍，我不由心驰神往，想象这溪水一路流经的漫长旅途。

"那么，"酒井又从对岸的岩石背面掬水喝了几口，"现在喝一下这边的水。味道应该是不同的。"

我也同样喝了一口，不由低声道："啊，真的！"该怎么形容那种差别呢？矿物质的棱角度不同吧。然而我有些顾忌不敢说那么唐突的话，像一般人那样说："嗯，的确不同。"

"对了，这里的空气真好！不管怎么呼吸，都能吸到源源不断的新鲜空气。"如果在城市里深呼吸，马上感觉像被过滤网堵住了。

"真的，空气的内在成分不同，"酒井微笑着回答，"我们现在要去的野生林里，时间停止了——当然不是真的停止了——这称为碳中和。土壤中的生物、倒树等释放出的二氧化碳，与植物光合作用消耗的二氧化碳，能相互抵消，保持平衡。可是，这里不同，我们把即将死亡、树叶稀疏的树和干枯的树砍掉，栽种新树。因此这里都是健康的树。我认为这里是日本空气最好的地方。"

我心中掠过一丝不安：我体内懒散的细胞是否能够承受那么强烈的负离子呢？

然后，吉普车沿着山路一路攀爬。

"请看，在海拔七百米处是针阔叶混交林，但是高度超过七百米后，都是针枞、冷桦……"

来到这里，听了介绍后，现在我可以区分白桦、真桦、冷桦、冷杉、针枞和红针枞。我完全爱上了针枞，甚至觉得它有些神圣。海拔继续升高，我发现了一棵阔叶树。

"咦？这样的地方居然有女士栎？"

"可以推测各种原因。比如熊在山下吃了种子来到这里排泄，或者鹫鹰捕获了衔着果实的松鼠后，抛在这里或者吃掉了，或者……三四百前发生的故事在这里留下了结局，但无从知道究竟发生了什么。"

吉普车沿着曲折蜿蜒的坡路不断拐弯。

终于到达了山顶，我们下车一看，不由被眼前的美景震撼了。凉爽舒适的风阵阵吹来，令人心旷神怡。

"这是经岁鹤山顶，属于日高山系的北部。那边平坦的大山是大麓山，位于大雪山系的南部。对面能看到的是夕张山系。这里正好位于交界处。大约一百年前，为教学实验林选址的学者真是独具慧眼。"

我极目远眺,在视线尽头,可以看到连绵不绝的浅绿色山脊轮廓。十胜山、境山、下幌加内山、富良牛山、石狩山、尼佩索茨山、丸山、乌佩佩散克山、阿寒富士、西卡尼别茨山。①背后是夕张山、芦别山……三百六十度,满眼是森林的波涛、树木的海洋,看不到一点人类的痕迹。今天是个大晴天,没有一点云彩。紫外线太强烈了,以至于当时拍的照片上也几乎看不到任何东西。真遗憾。

"远处那里是悬崖,包括悬崖下的面积,大约可以看到十万公顷的广阔土地。悬崖上可以看到的部分大约四万公顷。这自然原始的风景和一两万年前一模一样。"

我不由遐想起远古时代。

下山时,在海拔较低的溪谷边,我发现了一棵高大的连香树,如同金色阳光倾泻下来,照亮了周边。我们下车,抬头仰望。秋意浓浓、满枝黄叶的连香树如同高高托举着闪闪的马赛克。相反,酒井低头指着地面上无数的小幼苗说:"这是连香树的幼苗。连香树雌雄异株,这棵大树是雌的。因此,每年落下无数种子,累计起来估计要超过日本的人口了。在树下,发芽长出了很多幼苗,但真正能长成大树的只有一两棵。"

植物——所有的生物,不放弃任何希望、坚持不懈地努力存活,直至一切消亡的终点。

然后,我们进入野生林。在山脚开车时,从外围也能一目

---

① 部分查无中译名,采用音译。

了然地区分教学实验林和一般山林。在教学实验林中，人们定期清理影响树木生长的枯枝倒木和寄生植物等，因此每棵树清清爽爽，特别突出，如同在精心照顾和关爱下茁壮成长的孩子一样，无所畏惧，朝气蓬勃。它们释放出的氧气量也一定很多。我觉得每个细胞角落都被激活了，充满活力。

但是野生林却迥然不同了。吉普车驶入树林，过了片刻，忽然眼前一只虾夷鹿露出白白的心形屁股，爬上了斜坡。我们下车，进入森林深处。在倒地的树木上，覆盖着厚厚的绿色苔藓，如同盖着好几层毯子。树木的根部点缀着草茱萸的红色果实。眼前有几段下垂的枯枝，连根倒塌的大树的位置已经在孕育新的生命。这里充满着超脱尘世的氛围，令人不禁肃然起敬。虽然我初次到访这里，但不知为什么，感到十分熟悉与怀念，一定是因为这儿跟我幼年时想象的"森林"一模一样吧。也许是一种安心和放松，啊，终于回来了。

"据说生存了五百年的树木需要五百年的时间才能归于尘土。"我看着倒在地上的树木，听到酒井这么说，不由惊讶地反问："真的？"他的话让我回想起珍藏在脑海深处的外国作家写的信件。

这个作家的丈夫是一个患有抑郁症的牧师。她是牧师夫人，作为地区的中心人物，必须活跃在慈善会等各种场面。而那个时代的牧师夫人被理所当然地要求必须热心、乐于助人、虔诚忠于信仰。现在那本书不在手边，我不能写得很精确，但我记得她在书信上这样写道："基督教这棵大树耗时两千年生长至今，如今马上要倒下了。各种生物赖以生存。因此必须尽量不惊吓到它们，让大树慢慢地倒下，渐渐消亡。尽量给予时间。而帮助完成这个任务是自己的责任所在。"

这段话对于追求效率、急于向前的现代具有很大的启发意义。（酒井教授在《人类与森林的环境学》（东京大学出版会）一书中也事先注明了："也许很难检验'需要五百年的时间……'这段话的真伪。"）

喜爱新绿的美丽，盛期过后的红叶也另有一番风情，而树叶落光后的清爽萧瑟更是别具一格。

森林的宁静沁人心脾，不久我们开始探寻其深处。

碳中和——土壤中的蚯蚓与朽木释放的二氧化碳与光合作用需要的二氧化碳，达到平衡，不再变化。这是一个"时间停止"的世界——still still life[①]。

"听到声音了吧？"

在一片静寂中，如同通奏低音般流淌的声音。那是流水声。是从远处的溪谷传来的吧。我茫然地想着。

"这里地下是火山碎屑岩台地——安山岩，岩浆流到这儿凝固了，水流在缝隙中流淌发出声音。"

"这地下流淌着水。"我不由低头凝视覆盖着厚厚腐叶土的地面。

森林之音。

---

① 英语，意为"静止的生活。"

的确，森林是水的发源地。从这里启程，再回到原点。

如同风携带着森林的各种气息，最终飘到水边，水也同样花费了人类无法想象的时间，在各处不断奔流，带着这样的经历，最终流向大海。迎来河水的大海、鱼类和其他生物会如何解读它的故事呢？

虽然人类没有能力解读它们特别的故事，但现在可以尝试的是，努力想象、开放所有感官去体会。正是这样包容的心态才是一场无声的战斗，去推翻人世间法西斯主义般的狭隘与偏见。

> 大河诉说的是世上最有趣的故事，是它从深山带来的，要告诉怎么也听不腻的大海。
>
> ——《柳林风声》

水的边界线

上次从北海道回来一个月后，我还是无法遏制单独划船的念头，于是在车上载上"旅行者"号再度出发，终于实现了在美美河划船的梦想。我还是如此执拗，一如既往。

由于宫泽贤治[①]的关系，我长久以来一直希望一睹K山的风采（为了从车窗眺望这座山，我曾数次搭乘列车，但不知为何每次都是天公不作美，云雾缭绕，因此至今仍只在照片上看过），这次想在山脚的O湖划船。我开车行路，北海道的道路开阔通畅，但高速公路的服务区却很萧条。在本州、九州无论何处，服务区的小店都人满为患，而在这里似乎山峦的寂寥就此降落到了人类的建筑上。不过也许这样恰到好处，我在商店的冲绳特产处购买了凤梨糖和针叶樱桃汁。对了，在鹿儿岛的服务区也可以买到北海道特产。

我在O湖畔的酒店办理了入住手续，在房间放下行李后已经过四点了。已近黄昏时分，我看了看房间里的周边地图，离饭店咫尺之遥的后山有散步道，于是离开了酒店，想去那儿稍

[①] 宫泽贤治（1896—1933），日本诗人、童话作家。

稍走走。外面在下雨，我借了一把伞。地图上显示大约二十五分钟的路程，不远不近的距离，正好欣赏傍晚的湖景。我没有多加考虑。

树木高耸如云，渐渐周边的人家消失了，道路一直通往森林深处。令我想起在英国肯特郡拜访一个贵族的宅邸，从大门到宅邸走过了一片连绵的森林。北海道的空气具有独特的透明感，这儿也如此，雨中湿润的空气带着腐叶土的气息。郊外，独自一人，偶尔传来水鸟的叫声，这种宁谧让我感到幸福。

这里枯叶满地，以至于难以分辨道路。由于是淡季，无人经过，无人打扫。但我喜欢这一切。这么想着，来到了一个岔路口，旁边立有为路人指路的地图，我查看地图，选择了湖边的道路。应该是这条路。在天色尚明之时，我已经觉得这条路必须仔细辨认，否则很容易走错。于是，我走在覆盖着女士栎和刺楸枯叶的小路上，沙沙地踢散枯叶，向湖边走去。没有被枯叶遮盖住的地方隐隐可见水苔，湖水满满地漾出来。我蹲下身来，用手一压，深深的水苔如同受到压力而下沉的地毯一般包裹住了我的手。当然这里不是大海，不用担心涨潮。但是，这里不像道路，更像湖水的边界……

被砍倒的山毛榉大树倒在一旁，像被拉入水中一样。我抚摸树干，浮想起渐渐北上的山毛榉的分布地图，在心中说道："你到了这么远的北方啊。"

湖面好像浅墨色的镜子，天空云层密布，无法看到夕阳的余晖，所以与想象中的日落湖景相差甚远。夜幕渐渐降临，一切黯然失色，对岸白桦树林光秃秃的白色树干模糊地发亮，如同闪烁着磷火的白骨。银丝一般细密的雨脚，从山脚边呈带状倾泻而来，更突出了惨白的白桦树干，缭绕着银灰色的雾气。

"骤雨！"我低声道。

骤雨和深深夜幕在眼前交织，宛如延展开的极光，又如同冥界的阎罗王出场前的序曲。我竟然能身处这样的空间！一瞬间我想道。但这样的感动如同远处鸣响的汽笛一般，身心如着了魔似的，又好像麻痹了，无法动弹。

一切终于完全沉浸在了夜幕之中，湖面映照着的森林世界更清晰。真的，水底世界更明亮、更真实。然而，那种光明并不是来自反射，而是来自湖底某种巨大的力量。

我这样呆呆地注视了多久呢？要抓紧时间了！内心的声音提醒我。于是，我留意着漆黑一片的脚下前进。前方应该出现几条分岔的道路，我想从那里回酒店。看，这里是分岔口。一片漆黑，看不清路。竖着的路标呢？嗯？太黑了，看不清。我慌忙看向手中的地图……看不清。

我一直视力很好。从小就在黑暗处读书，过度使用眼睛，但也毫无问题。随着年龄增长，以前的因果报应也来了，最近看路上的目的地指示文字和标识的文字，忽然心里没了把握。周围的朋友亲人认为：这不是年龄造成的，应该去检查一下。我一边点头同意，一边预感到一旦开始检查，以前的坏事会不断暴露出来，事态将愈发不可收拾。反正早晚有一天会不能长途驾车的。在这之前,在我无法抵御的严冬笼罩北海道之前,一定要亲眼看看,体验一下。

因此,以前不管周围多么黑暗,我有信心,只要凝神注目,就能看清文字。然而当时,啊,好像是故意看准这个时机,最近身体的种种不适如同事先种下的隐患,胃里感到冰冰凉地难受。这是第一次。

如果不想去"那个世界",就要赶快行动起来。稀里糊涂就要噩梦成真了。

……怎么回事?

稍稍有了点方向感后,我沿着"可能性最大"的方向前进。一阵小跑后,我又看到倒在水中的白桦树。这次没有时间跟它对话了。奇怪!应该离开水边了,我却仍然在这里。我停下脚步。

我的手表上有指南针。如同孩子炫耀玩具一般,和别人在一起无所事事的时候,就拿出来给对方看。对了,即便是在黑夜,按一下按钮,刻度盘应该也会变亮。我心心念念在夜幕真正降临前尽快返回,但没有停下脚步确认方向。我手头只有方向不明的当地地图,即便知道了方位也未必能找到回去的道路。但是,冷静下来细细回想地图,并且从记忆中的北海道整体地图来推测,应该会有办法。一直以来,我很擅长看地图。于是,我停下脚步来确认方向。大雨再一次倾泻下来。我按了按钮,刻度盘亮了,随即我愕然了。

指示方位的指针,红色的指向北方,蓝色的指向南方。刻度盘的确变亮了，但周围太暗了，无法辨认指针的颜色。竟然会这样！真是个废物！

再次，我的胃里感到冰冰冷地难受。

我快步前进。踩到了水苔上被雨打湿的枯叶，脚下一滑，失去平衡，差点掉到湖里。这里的确景色宜人，但是水质没有干净得足以愿意溺死。湖水再干净一点儿就好了。早知如此，应该在来之前先去S湖划船。那里的水真的很干净。嗯？现在胡思乱想的是谁？是我？所以会绊倒啊。在树根上绊倒，这是第几次了？我迷走在树林，在树根上绊倒，像是德国或某个国家的民间传说。故事本身很不错。呵呵，现在不是想这些的时候。我应该不会那么倒霉。

数十年前，隔绝东西的柏林墙还巍然矗立着，欧洲遭遇了大寒流的那一年冬天，我独自一人在尼采曾经走过的雪后的海德堡森林散步。这里人迹罕至，脚踩雪地的吱吱声、渗入每一个细胞的寂静，都令我欢欣无比，在森林深处不停地走着。也许我有勇气迎来尼采所遇到的东西，至少有这样的精力。啊，那时的我真的无所畏惧！

换言之，应该是这么回事吧。

年轻气盛之时，生长茂密的嫩叶陶醉在自己的能量中，决定仅在这个小小世界中生存，也的确做到了，但把周围的景色完全遮蔽了。到了秋天，到了冬天，生命力衰退，树叶凋零，至今树木掩映下被遮挡的对岸的景色、边界的存在，终于清晰可见。

然后自己不由沉醉其中了。

眼前又出现了倒下的白桦树。

没错，这是同一棵白桦树。我一直在同一个地方打转。

冷静下来。

看到这棵倒下的白桦树，就意味着这条路通往酒店。在深山中也罢了，这里是靠近村庄的山，应该先把所有的路都试一遍，天色还没有暗得伸手不见五指。脚底也摸索着能感觉到路。

但是没有月光，也没有星光。

"没有考虑过大声呼救吗？"后来，和别人说起这段经历时，对方这样问我。

"没有考虑。估计也没有人会听见。"

"手机呢？车站和酒店这么近，应该有信号。"

"应该打得通，但是我根本没考虑用手机求救……是啊，不可思议。"

"与其向人求救，不如一死吗？"

"……"

归根结底是我不想承认现在是非常时刻。我不知道要是真的到了紧要关头，自己会做出什么。本来在天色渐暗的黄昏时分，去一个素不认识的地方，受人批评指责也情有可原。但是我得到了珍贵的记忆的宝石,因此无怨无悔。

是的,我一直抱有一种通达的想法,我得到了如此的喜悦,欣赏了如此的美景,遭到报应也无话可说。因此,无怨无悔。如果遇到同样的情形,估计会好了伤疤忘了痛,重蹈覆辙。(但这次至少带着手电筒。)

那个孩子最后是这么想的吗?

在伊拉克,在文化背景完全不同、语言不通的人的包围下,被杀害的那个孩子。

什么都无法相通——劝说对方的语言也罢,爱也罢。他们生活在没有交叠、全然不同的世界中。而且我对他们一无所知,无法融入他们的生活。因此,我只是个初来乍到的陌生人,被排挤出他们的准则外。那种感觉如果能称为"恐惧",那么我感受到了。

在森林里迷路,最痛苦的不是空腹,不是饥渴,而是可能彻夜冻死在这儿的恐惧感。刚才还热情友好的周围的景色忽然冷淡起来,敌视起来。一种被背叛的感觉,周围与自己之间的隔绝感。如果能跨越这个距离,到那个世界去,应该不会感到孤独了吧。那个孩子的孤独是否消失了呢?

我似乎渐渐要被拖入美比乌斯带的反面。在我体内,消耗掉的生命力似乎在助纣为虐地唆使我放弃。然而,与生俱来的顽强健康的生命力又在激烈地反抗着。

我对事态的发展感到厌倦，希望这场闹剧能尽快结束。但是，还没有结束！不光如此，恐惧感与时俱增。这次选择的小路又通往湖里。而且，这一定是刚才那条路。这是一场噩梦。这难道是大祸降临时分？我不想使用如此的陈词滥调。人世间是二十四小时制，这一定是黄昏的大祸降临时分吧。我这么想着，但这一切究竟是从何时开始的？我出神地眺望湖面的时候，还是我走出酒店的那一刻？还是……

如同游览利兹城堡的地下洞窟时最后的那一段迷宫，曲折蜿蜒、地形复杂，令我感觉一辈子都走不出去。但是，那里是为了令人迷路而人工刻意建造出来的。这里并非如此。绝对奇怪！很不正常……从何时开始的呢？我一想到这个问题，胃里冰冷的感觉又重现了，这是第三次。

记不清第几次了，当看到前方的道路消失在湖水中，看到那黑暗的水面时，我便在心里迷迷糊糊地深深赞同：也许这样的死法很适合我。长久以来，我有些憧憬，虽然也很害怕，我喜欢在距离车站不远、延续着日常生活的这样一个地方，进入另一个世界，对此感到无比憧憬。因此以这样的方式结束生命是合情合理、顺理成章的。我也想休息一下了……

不，还有未完成的事，这个工作、那个工作，还有……

我再次回到倒下的白桦树那儿，打算重新出发。在夜色中模糊可见，那边走过了，这边也走过了……已经无路可走了。

我甚至已经看不清周边了。

我的胃里又感到塞下了冰冷的东西，这是第四次。

雨再次倾泻下来。

刹那间，我对自己的愚蠢感到怒不可遏。我不后悔。我决定了与其花时间懊悔，不如继续前进。但想想还是太愚蠢了。无可奈何，也只有这么傻傻地活下去。

算了，冷静下来，不能被两种想法所左右。刚才以为是路，却走错了，现在选择没有路的地方走。嗯，就这么决定了。在这儿我欣赏了风景，收获颇多，现在不用多想，坚持忍耐，最快地通过最佳的道路。一定能找到正确的出路。

下决心尝试一下这里？啊，可以走。啊，到了一个开阔的地方。这是路吗？或者只是一片开阔的空地？啊，对面模模糊糊的影子是房子吗？哎呀，不能着急。那里是水边，要想想清楚。看，路又模糊不清了。

最终好不容易回到了宾馆，前台人员微笑着："您回来了。"我假装什么都没发生，也报以微笑："我回来了。"然后狼狈不堪地回到房间。（过了两天，办理退房时，我说起了这事，前台告诉我，也有游客像我一样迷路后失足掉进了湖里。）我在换衣服的时候，发现身上粘着类似苍耳的果实。这次宛如"遇险"的经历是老天爷的旨意吧，但我全然不能领会他的意图所在。难道对植物的势力扩张起到了抑制作用吗？具有防水功能的裤子的膝盖部分，外侧是泥巴，内侧是血糊，裤子本身没有破洞或划痕。我想起柔道的训练服（当然是棉布的）会因为摩擦而破洞。户外活动的衣服会这样擦破身体的话，不行吧。如果要走一整晚，虽然身体有所擦伤，但裤子能够没有破洞，保持暖和，还是这样好吧。不过那个指南针手表也真是可悲，令人无语。

自此以后，我有一种空虚失落感。是真的失去了什么。那究竟是怎么回事？为什么着了魔似的？

森林的故事，必须重新开始吧。

来自大海

加拿大新不伦瑞克省蒙克顿市。在去目的地的途中，顺便到访了这个与美国缅因州接壤的海边小城，因此我对这个小城没有事先调查，几乎一无所知。它只是我在旅途中经过的默默无闻的无数个小城之一，但我至今时常想到它。因为现在工作时使用的一个马克杯是在当地购买的，用当地的泥土烧制而成。（在旅途中购买当地的生活用品作为自己的"礼物"，是一个将脱离日常的旅行与日常生活相结合的好办法。为了当时的体验不游离出日常生活，为了防止这段回忆流逝在浩瀚的记忆之海深处。）另一个原因是，我难以忘记在小城中心地带的河流模糊看到的一幕情景。我写了"模糊看到"是因为其实没有看到。但那一幕在我脑海中鲜明生动地浮现出来，甚至连做梦都梦到了，因此无需切身体验也几乎成了我的"体验"。

河边有一座公园，从岸边的栅栏隐约可见河流。刚进入十二月，河面没有结冰，但毫无表情的灰色河流无法解读（河流也当然有各种表情：有的河流对生活污水的排放感到疲惫，却依旧精力充沛；有的河流由于工厂的污水排放和铅中毒而愁眉苦脸；有的河流似乎欢喜雀跃着，等等），我尝试着想知道河水上游是怎样的情形，两岸的关系如何，是否可以进行对话。之后，我决定去隔着海峡、位于小城对面的小岛（PEI）。我从前就熟知这个小岛，如同故乡一般备感亲切，却从未到访过。这里的河水最终流向大海，海水环绕着我的"梦想之岛"。

即便不是如此，岛，永远是令人激动的地方。为什么从海岸眺望到的海岛会让人如此心潮澎湃？

故事发生在北欧，在阿斯特丽德·林格伦的《海滨乌鸦岛》一书中，主人公少女马琳初次去海滨乌鸦岛避暑，她在日记里写下了第一印象。她感到无比的喜悦，以至于如同在质问自己。

"马琳，马琳，长久以来你到底在哪儿？这个岛一直在此等待你的到来。诱人的海滩小屋、历史悠久的村道、古老的栈桥和渔船，美得令人叹息的这个小岛安静平和地躺在外海，你却一无所知，太过分了吧。"

我必须承认，在青春期，我完全沉浸在了外国这样"大胆直白"的文章中，因此造就了我不同于一般日本人的一部分奇异的性格。然而，这一点已无关紧要了。有时在人际交往方面会陷入窘境，但我的每一天都过得很充实。

这是我个人内在的一段历史。

然而，在渡过横跨海岛和海峡之间的大桥时（我所"熟知"的十九世纪后叶的岛上当然没有大桥，这令我感到些许不安），望着冬日暴风来到之前的险恶的海水颜色，我终究不能感受到马琳那样兴高采烈的心情。不仅如此，深不见底、如同烂泥般的深绿色让我感到恐怖,好像在窥视黑暗丑恶的一面。据说以前不少向着新大陆出航的船队在即将到达目的地时,在这一带失事。

这是与当地人相关的一段历史。

大海大抵都会有这样一段历史。但不管在哪儿,在去海岛途中产生这样的感觉,还是第一次。

对了,在渡过大桥之前,还是回到在公园看河的话题。也许,这可以解释我感到不安的原因。

那天晴空万里。清早,我乘坐列车来到小城,然后租车去郊外。雪原上,冰晶毫不吝啬地在空中闪烁。沿着岸边,可以看到野兔、狐狸和浣熊留下的交错的足迹。啊,野兔悠闲地来过这里。然后,它似乎突然注意到了狐狸,急转弯慌忙地逃走了。好大的角度!从前后足迹的距离来看,奔跑速度非常快。啊,狐狸也动真格了……

加拿大(应该不仅在加拿大)的雪原上留下的动物足迹是一个个的故事。

出乎意料地在这儿耗费了不少时间,我很晚才回到小城。那么,我在当地使用的车胎到底是什么种类的?租车公司含糊地告诉我:"四季通用类型,所以没事吧。"但真的没事吗?他们只不过是眼不见为净,不去追根问底解决问题吧。因此,我一直无法摆脱走钢丝一般提心吊胆的感觉。过桥进入海岛到达目的地的小城至少要花费五六个小时,也许今晚我应该在此住宿。

于是，我在河边的公园闲逛。我不记得怎么发现了这个信息，也许是看了立式告示牌的介绍，也许是在途中的物产礼品店听说的。据说小城对面的芬迪湾是世界上潮差最大的海湾，有十五米之大。因此，在河边一天可以看到两次海水倒流奔腾而来。

正巧当时我在思考人类从海洋登陆进化而来的过程，这个信息令我感到隐隐发寒。

这是地球层面的关于生物的一段历史。

仿佛在遥远的过去丢弃的尾巴重新追赶过来，在耳边窃窃私语："别忘记带着尾巴的那段岁月。"想到这里，我感到毛骨悚然。

等候了一阵，我想着海水里的浮游生物和难以计数的微生物，想着它们一齐拥向内陆的情景，渐渐地一种胃液倒流的奇怪感觉袭上心头，最后我放弃观看潮水，离开了这个小城。可悲可耻！如今的我应该能坚持到底吧。

来自大海的生物。

即便是海豹，也不会超越海岸线登上内陆地区。但它们好似要追赶过来。我如此热爱海岛，也喜欢眺望大海，然而害怕想到海底。害怕就说明那里有某样事物会给我造成伤害。

我曾有幸对白神山地的山麓下、面对日本海的某个村庄进行连续的采访。数日前刚从那里返回。接受采访的人家居住的住宅距今已有一百四十年左右的历史了。以前到海岸之间有一段距离,种有田地,而我造访之时海滩几乎近在眼前,新增建的房间那巨大的三层玻璃窗外,冬日的日本海在咆哮翻涌着。陆地上飘着鹅毛大雪。大雪与地面平行呼啸而下。我了解太平洋的海浪,但日本海的波浪给人全然不同的感觉。在天气晴好的季节,村内可以看到美丽的夕阳。即便在冬天,夕阳透过厚重云层的间隙,在海面肃穆地映出几道光柱。

十几年前的冬天,一条鲸鱼搁浅在了海滩上。对于这家人来说,好像是庞大的大海使者突然来到自己的院子里。而且,这是来自深海的使者(据调查,这是一条扇齿鲸,平时生活在水深两百米处的海洋)。由于地质学专业的主人的一句话:"我一直想,如果有鲸鱼的骨骼标本就好了(在进行地质调查时,偶尔会有鲸鱼骨从地层中出土)",整个村庄开始合力制作鲸鱼标本。其中过程省略不表,最后制成了出色的标本,刚才我也看到它飘荡在暴风雪的空中。扇齿鲸的生态是个谜团,一般认为它是从南方的大海洄游过来的,在距离这头成年鲸鱼搁浅处不远的海滩上,也发现了一头刚出生的小鲸鱼(据说好像没有吃过奶),似乎这个村庄附近的海洋是它们的生活领地。在我们平时眺望的海面两百米下,隐藏着鲜为人知的鲸鱼们的日常生活。

我隔着暴风雪看到飘荡在空中的鲸鱼骨架,真是不可思议。但更令人不可思议的是,鲸鱼的胸鳍部分完全像人类手腕到手指的部分，具有五根手指。骨架呈大大的圆形，被固定在胸前，如同要伸手怀抱婴儿一般。古时候，鲸鱼的前肢退化成鱼鳍，后肢也仅留下一些痕迹，附着在骨盆上。对，骨盆还存在。扇齿鲸的骨盆也完好无损地深深埋在肉里。看到这个景象，我再次认识到鲸鱼不是鱼。归根结底，反复的个体变化导致整个群体的变化。个人和家族的关系亦如此。

啊，世界多么像奇妙的分形几何万花筒一般啊。

个人意识底部沉淀着的记忆造就的梦想与出生之前就被注入的远古的梦想，反复缠绕、反复共鸣，伴随着奇妙的旋律从水底深处悄然来访。

所谓在水边，就是如此吧。而且，这是有必要的。为了某一天真正理解"恢复整体性"的意义。

关于"杀气"

时隔很久，我再次观看了电影《亚兰岛人》(*Man of Aran*)。这部电影描绘了人类生存需要的最小限度的土地（在一个可以被称为巨大岩石的小岛上，几乎没有可以耕作的土地，岛民们铺盖海草来制造土地）。我的兴趣爱好乃至人生都受到了它极大的影响！

然而，这次观看给我留下了不同于以往的印象。也许是因为我有意识地注意到了水边及其周边。

例如，几个岛民登上简陋的小船——爱尔兰皮划艇（才几个人，船就坐满了），在波涛汹涌的爱尔兰西海岸、亚兰岛海面，冒死捕捉姥鲨的场面。姥鲨，虽然在北大西洋不能称为最大，但也是最大生物之一。被捕的鲨鱼和捕鱼人都豁出了性命。皮划艇剧烈地摇晃着，眼看马上要倾覆了，如同亲身经历一般的临场感让我不由紧张万分。捕完鱼的男人们几乎奄奄一息了，他们从大海归来后，在海边焦急等待的女人们马上准备分解鲨鱼。炖烂鱼肝提取的鱼油成为整个冬天的灯油，点燃提灯的灯火。岛民们因为丰收而发出的欢呼和绽开的笑脸，表露出他们对生命与生活怀有的安心感。

看过这样爱尔兰式、亚兰岛式杀气腾腾的捕鱼，再来看优雅的英国人（English）的垂钓，觉得那不过是一场懦弱的游戏。相对于被钓的鱼（对于它是性命攸关的）的垂死挣扎，钓鱼者处于绝对的优势，我厌恶这一点。如果说这是想尽办法欺骗对方的权宜之计、玩弄生命的体育游戏，也许有点言之过甚了。可能本来就不是可以在同等条件下进行较量的。

即便如此，我并不讨厌泰晤士河畔垂纶酒店（Compleat Angler）周边钓鱼者们低头凝望的景象。在漫长的人生中有不同的时期，我也曾独自分解鲣鱼、（小的）金枪鱼、马头鲷、浑身是刺的鲉鱼、parrotfish① （日语叫什么呢？鱼鳞有五百日元硬币大小、蠢头蠢脑的彩色鱼）（虽然都不是自己钓的），直至手指伤痕累累。我非常喜欢钓鱼的环境。但是，我究竟是怎么看待"钓鱼"这个行为本身的呢？长期以来我采取了保留态度。

如果说钓鱼的目的是食用，想吃那种鱼，这是一种出于本能的欲求，那么我可以理解。但是，例如我在工作地点B湖畔的窗外看到，在捕鱼人设置的迷魂阵（定制网的一种）附近，钓鲈鱼的小船反复地钓到了又放生，那是我不能容忍的。如果有扩音器，我一定会拿起来怒骂（大概即便有扩音器，我也不会这么做）。我认为，在性命交关的场面不能缺少凛凛的杀气。

一提到"杀气"，我就会想到某位日本女性空手道家。在我当时居住的萨里郡南部沿着泰晤士河往西的某地，她租借了一

---

① 英语，意为"隆头鱼"。

个小小的当地市民中心教室，一周两次教授空手道。我有缘初次看到她的空手道"招式"时，不由紧紧注视着出乎意料的精彩的一招一式，被深深吸引了。

那真是不可思议。我本来最不喜欢那样将人类的斗争心理展现得淋漓尽致的"武斗"，甚至从生理上厌恶。

她当时五十多岁，可能接近六十岁了。比我更小巧瘦弱，是典型的日本女性的体格。那么纤弱的身躯竟然教授大男人们武术！如不是亲眼所见，我也难以置信。

她深深弯腰做好准备格斗的姿势，坚定自信，纹丝不动，充满深邃的寂静。在走动的时候，她的双脚仿佛磁石一般牢牢地吸附在地板上，甚至是充满思索的。伴随着强大的气场，她不断出拳，如同撕裂空气般激烈。一招一式，毫无多余。她的"杀气"锋芒毕露，充满美感，令人惊呆。在她家，她播放了著名空手道家们（当然是男性）的录像，令我重新认识到，啊，这终究还是我"想远离的圈子"。无人可以赛过她那种紧张的美感。

"就好像在看传统'能剧'的舞蹈啊。"

一位日本女性喃喃道。她也是被师傅的空手道所吸引来上课的。

听到能学"Karate"[①]，附近的年轻男孩子们以为是中国功夫一样的东西，于是来求学。一些孩子学了几次，醒悟到与自己

[①] "空手道"的日语发音。也是"空手道"的英语单词。

追求的不同，渐渐离去；也有一些孩子被这超乎想象的世界所吸引而坚持下去。

虽然我写了"充满美感"，但这并不是类似舞蹈的美丽。她重视的明显是"既然战斗，就要取胜"的气场，并声明以此为目标。平时她的性格温和友善，但她的空手道可以说是攻击性的。我原来应该有意识地避开。但为什么我感到她的"招式"拥有无穷的魅力，甚至领会到了无上的精神世界？她与其他空手道家相比有什么不同？

"应该跳起时发出喊声！如果拉长了声音，气场就松垮了。"我牢牢捕捉她所说的一词一句，陷入沉思。

她的意思是，为了跟体格与力量都远远胜过自己的男人们对抗，尽可能地扩大自己的气场吧。

上击、中击、下击。同样的，前踢，上、中、下。上隔挡，外隔挡，中边踢。在准备挡手刀、做出姿势的时候，重心要移到后脚上来。来自附近丛林的薄雾透过开放的窗户悄悄飘入。在寂静的练功场，只听见练功服窸窣摩擦的声音。Face to face[①]！过招！力量与气势似乎在共舞。受创而感到痛苦时，会不禁发出呻吟。"这样的声音对对手来说是好消息。对手会明白你受到了创伤。只有威吓对手时才可以发声。只有为了让对手感到恐惧、丧失斗志时，才可以发声！""做出愤怒的表情！战斗的表情！"

---

① 英语，意为"面对面"。

关于"杀气"

我对她所说的每一句话感到疑问。这是为了取胜的技术。有趣的是，这种战斗技术在和平之地冲绳得到了很大的发展。然而，我最怕这种动物本能层面，不，即便在智能层面，试图通过威吓而占据优势的人。但她的"技术"为什么有深深的魅力呢？嗯，因此，暂且不考虑她的话，在这里真正发生的不仅仅是"威吓"吧……

已经脱离了生活、作为爱好存在的"钓鱼"，也许具有一些功用，因为无意识地利用了人性中潜在的攻击性和残忍本性，然后使人平静下来，获得心灵的解脱。

姥鲨与人的较量是激烈惊人的，各自企图把对方拖拽到自己的世界。水中，水上。画面中杀气腾腾。

在太古时候，人类为了生存不得不直面"激战"，也许至今仍在不断与隐藏心底的"野蛮"斗争协调着而生活。

大概是由于银行假日（节日），练功场放假了一段时间。假期过后的那一天，一个学生有点不同寻常。这个年轻人的体格在英国人中也算壮汉，但脸上还是稚气未脱。他鼻子上贴着创可贴，一只手用绷带吊着，无精打采的样子令人惨不忍睹。但是，他事先联系了师傅，能参加的部分想尽量参加。练习"打"的时候休息，练习"踢"的时候再参加进来。究竟发生了什么么？所有人都在好奇。在休息时，几个了解情况的学生代替不善言辞的他向大家解释起来。

"这个假期，他去了纽约，在贫民窟一样的地方被盯上了。"

"但是，据说他完全没有动手。对吗？"

他沉默着点头。

于是，各种想法交杂在一起。"那就好！否则要被'逐出师门'，没有用'Karate'真了不起。""但是在如此关键的时刻也不能用'Karate'？"带着这样深深的疑问（也许可以说是猜疑），大家三言两语地说完了自己的感想，陷入了沉默。

因为他没有抵抗，所以只负了一点轻伤。如果他施展出自己所有的力量去应战，整个场面"杀气"腾腾，估计有一方会死人吧。

姥鲨捕鱼现场的凛凛"杀气"中，带有一种极限的紧迫感，捕鱼者和被捕者不到一方丧命时绝不收场。还带有一种"兴奋感"，对，那的确是"兴奋感"的一种。如同逼向极限的"祭祀"，需要牺牲的供品。

这种时候，小花招基本没用。因此，为了防身，去附近的练功场习武，这并不现实。我知道一个女孩因为对自己的"空手道"很有自信，经常独自一人爬山，最后下场悲惨。她如果没有"应战抵抗"，至少可以保全性命。后来犯人这么说。但是……

作为一名空手道家，她时常说："不让对方存活！在下定决心的这一瞬间，把杀气和力量提高到最大限度。""在受到挑衅时，不可以犹豫要不要生气、该怎么办。那一瞬间的犹豫可能

关于"杀气"　　119

会要了你的命。"也许说的是，提高野性的本能，带着杀气。的确是安静又强大的气场造就了她那"招式"宁谧的美。

然而，稍稍改变想法，也许……那强大的"野蛮"的力量转变成了压倒一切的强大爆发力……

用文字表达这些总觉得词不达意，但是我想把这种力量的根源纳入自己的世界观，因此仅仅为了观看她的"招式"，我一周两次、持续半年去练功场。每次单程花费两个小时，往返四个小时（我的人生似乎总是在重复这样的事）。我绝不是想成为跟她一样的人。我成为不了她，至少有这点自知之明。只是，我认为应该有一种办法，把人类带有的攻击性进行升华。观察她的时候，我渐渐找到了。

啊，对了，没有感到"勇猛"，没有那种本能尽现的"勇猛"。她没有言明，也许也未曾意识到，在那强大惊人的气场内隐藏着一种"达观"。对我而言，那几乎是动态的"禅法"。

当我发现这一点时，终于了却了心事，而且也到了离开英国的时候，我迅速离开了"空手道的环境"……

我的话题渐渐脱离了"水边"。我对"杀气与攻击性的升华"的话题意犹未尽，但还是改日继续，下一章还是回到水边吧。

然而，多年后的今天，至少我能明确地定论，最软弱胆小的弱者才会看到不同的景色，才会鼓起勇气。因为天生勇猛大胆的战斗型勇者，没有必要鼓起勇气。

如今，每当陷入困境时，她的声音在脑海响起："别害怕！"

Stay there!

Don't stay back! ①

如果连续进行耗费精力的事，不光是发言，有时连思考都会变得力不从心。这时，依旧是她的声音在鞭笞我，我摇摇晃晃地站起身来，去外面接受采访，等等。

---

① 这两句英文意为："待在原地！别后退！"

缓缓地

听到天气预报说"日本西部将降大雪",于是我给在 B 湖畔的皮划艇中心打电话询问情况。K 先生向我保证:"这是今年最大的一场雪,毫无疑问。"我一听,急忙当天赶往关西(最近,我的生活据点一直在关东)。

次日,我漂浮在开始结冰的水乡。这次我驾驶放在关西的车,途中接上一个朋友,在开始冻结的当地道路上一路开来。之前为了去北海道而换了车胎,因此稍有冻结的地方也没事。

到达水边时,巧遇了正上岸的皮划艇中心的人。看着他们的笑脸,我想起孩童时代早上起床看到皑皑积雪、不由欢喜雀跃的场景。在上学途中、在到达学校以后,朋友们都兴高采烈,笑得合不拢嘴。下雪了!太棒了! 我也很高兴,平时我喜欢泡在图书馆,属于室内活动派,今天我一直待在户外。父母也曾回忆道,我在蹒跚学步的幼儿时代,初次看到雪的时候,父母再三劝说我去踩雪,我却惘若未闻、纹丝不动,以至于小雨靴被冻住。母亲将我抱起时,双脚从雨靴中脱出。我依稀记得,母亲将我抱在膝上,在汽油炉前取暖,她双手笼住我的双脚来"解冻"。我只是呆呆地仰头看着降雪,跟我家的狗没什么差别。

在人们的送行下，我划动了皮划艇，我去了！我先朝着较大的内湖进发，水面处处冻结着。但与北方不同，冰层不厚，因此折叠艇也毫无问题。

　　我刻意选择冻结的冰面向前航行，心情如同乘坐着"旅行者"号破冰船。冰层咯吱咯吱地破碎着，我突然停止前进，放下船桨。四周一片寂静。

　　这一带被高大的芦苇荡所环绕，在这个季节，四周是一片枯萎芦苇的淡淡米色，如同安德鲁·怀斯[①]的水彩画一般，明快而寂寥。对岸的苍鹭如雕像一般伫立着。这周边好像大池塘一样开阔，因此即便我划进去，大雁群和野鸭群也不会马上受惊吓而飞走。我喜欢在这儿发呆。

　　雪越下越猛。

　　大雁群带着雪花飞上灰色天空，向着大湖方向飞去。我目送着它们，低声嘀咕了一句："雪鹅。"我回忆起了，同样在冬季，又是旅游淡季，加拿大爱德华王子岛荒无一人的（虽然开车历经了千辛万苦，但看到的雪景无与伦比）沼泽地上，我曾遇到不惧生人的加拿大鹅。而如今它们在哪儿飞翔呢？

　　我拿起船桨，离开了那儿。穿越几条水路，看过了美景，我朝着矗立在水面上的龙神祠方向划去。上个月，与编辑K先

[①] 安德鲁·怀斯（1917—2009），美国新写实主义画家，作品以水彩画和蛋彩画为主。

生一起划船，在这里看到了翠鸟。我环顾四周，今天翠鸟不在。刚才有几只长尾鸭在前方飞翔，而现在一片寂静。我回首望去，刚刚破裂的冰面上裂痕在渐渐愈合，好像马上又要冻结起来了。

"旅行者"号被冰雪禁锢了，退路也被堵住了。怎么办？暂且喝点热可可吧。

我的脸贴近保温瓶里准备好的热可可氤氲散发的热气，双手捧着杯子。雪花飘入杯子。在到达水边时，渐渐开始飘雪，越下越大。在浅灰色的世界里，雪花一片一片孤零零地不断飘落。

下雪时穿了挡水裙（划艇者穿的一种东西，可以避免水进入船舱），真是值得庆幸。不过我平时偷懒，随便地盖在腿上，没有老老实实地塞到角落。

天气变幻莫测。虽然在下雪，但能看到蓝色的天空，深深浅浅的乌云不断变化。在高空，气流在剧烈地流动吧。然而地上几乎没有风，雪花直直地飘落下来。雪花映照在水面上，如同从水底世界涌上来一样。水底涌上来的无数雪花和天空飘落的雪花，仿佛事先约定好一般，在某一点融为一体而消失。想象一下相互融合的成千上万的"点"连接起来，形成"面"，最终形成了"分界线"的水面。我现在才迷迷糊糊地领悟到，"梦想般的"是指边界线模糊不清的状态。村落附近的山已经好像是水墨画的世界。

忽然听到有人叫我的名字，我一回头，雪球击中了我的脸。

对了，当时还带着一个中途接上的朋友。趁我不注意、呆呆仰望天空的时候，他划到岸边捏了一个雪球。真是大受打击，被整了！"敌人"大笑着拿出另一个雪球递给我，开玩笑地用文乐①的腔调说："请用。在取胜的拂晓，想必您也想反击，不烦劳您动手，我已事先准备好了。"

太好了。那么我不客气了，接过雪球，立即丢到对方脸上。他惨叫一声，拼命划桨逃跑。真是的！最近看他似乎抑郁症严重、心情痛苦，我提心吊胆地邀请了他，但他竟然这样活蹦乱跳，真是始料未及。希望他平静之后，情绪不会过于低落。我这样想着，回头一看，他已经擦完脸，远眺大山，尽情享受美景与气氛（在我眼中是如此，但终究我无法进入他人的内心世界，也无法真正理解他的痛苦）。算了，不管如何，这样也好。我也随意地划行着。周围渐渐明亮起来。

> 缓缓地疗伤，吸入透过阳光飘落的晴天雪花。
>
> ——河野裕子诗集《步行》

以前人工挖掘的水渠在历经四百年的风雨后，也完全成了自然景物。为了维持芦苇荡的美观，定期有人进行修整维护，但这里处处是能够避开他人眼光的独处空间。

不时地隐约飘来烟火味，虽然还为时过早，一些地方开

---

① 文乐，日本传统木偶净琉璃戏。

始烧荒了吧。或是有人在烧篝火。与北海道的河水相比，这里的水质浑浊不堪。但这样对人类活动的适应，如同与规规矩矩地受约束的"野生动植物"共同生存一般，互相融合却又不受约束，保持了极好的平衡。我能放下船桨，尽情埋头于阅读中（也看天气情况）。

我忽然想去平时不去的村落附近，也许是因为那儿还保留着部分当地独特的新年风俗（比如，元旦早晨汲水）。我前进着，依旧惊跑了野鸭群。"我不会抓你们吃的，请待在原地，啊，打扰你们了。"我一直觉得抱歉。但以前在 B 湖，人们也曾"把枪随便架在底座上，装在"橡皮折叠艇上，小艇悄悄地前进，"百发百中、轻而易举地击中野鸭，兴高采烈地满载而归"。因此鸟儿们学会了警惕，也许这样正好。不过，我会略感寂寞。啊，但我并不讨厌野鸭的菜……嗯。

穿过几座小桥，眼前出现了村落，只见到处都有石阶延伸到水边。可以从家家户户的后院直接来到水边。有的石阶旁系着小船，小船里面供奉着新年的供品。拾级而上，在尽头可以看到繁缕的新叶。那是春天的七种菜之一吧。四周空无一人，是因为寒冷和下雪吗？原来如此。我平时畏惧寒冷，但一划起船就完全不怕冷，真不可思议。

雪无休止地下着，近山的轮廓却依旧温和平静。四百年来，自然浸润到人类与他们的生活中，互相交锋，互相妥协，最终形成了这样和谐的景观。

我希望能有更多这样的地方，介于原始粗犷的大自然与人工的城市生活之间的中间领域。人类一定能在这样的中间领域里找到最适合自己的归宿。

这样继续前行的话，就到 B 湖了。我原路返回，向着芦苇荡前进。不久，前方鲜红的柿子映入眼帘。

大约一个月前，和编辑 K 先生一起划船的时候，水边的柿子树上累累的果实沉甸甸地醒目地挂满了枝头。"啊，看上去很好吃！"我想着，划船离开了那儿。但前方又出现了同样的柿子树，随后又出现了。终于，不知道是第几棵树的时候，我划到附近伸手去摘了三四个（我没有打算独吞，如果好吃，打算与 K 先生分享）。我咬了一口其中的一个，苦涩的味道。是正常的苦涩，只不过一段时间满嘴发涩，令人讨厌。（记不清何时了，笼罩着我家院子围墙的乌蔹莓结果了，果实如同大大的光润的蓝莓。虽然知道不能吃，但看着丰收的累累果实，我想着能不能制成莓子酱，尝试着吃了一个，还是太涩了。那是超乎想象的苦涩味道。我想到可以采用去除柿子涩味的方法尝试一下，但是只是停留在思考阶段，没有采取行动。）

柿子跟一个月前一样，留在枝头。太涩了，连乌鸦都不吃吧。还是乌鸦在等待柿子发酵呢？我也和乌鸦们一样，领教过了，不再出手。

如同沼泽地的树木一般（不，其实就是那样），连绵的直柳树低低地向水面探出粗壮的树枝。虽然树叶凋零，光秃秃的树枝却清爽简洁、威风凛凛,展现出与夏日不同的美丽。仿佛用彩色铅笔勾勒出了轮廓,在白雪的映衬下,树形愈发明显。到处漂浮着枯萎的丛生凤眼蓝。那是水中风信子,到了初夏,浅紫色的花儿一同绽放。但如今在严霜的打压下,无处寻觅。浮囊般膨大的叶柄,部分或一半以上被野鸭啄食掉了,或被其他动物撕咬过。这种植物原本应该是外来物种。

云彩飘动,阳光再次洒下。带着深褐色的柔和暮色已经渐渐泛起。小艇航路之外、位于角落的水面在刺骨的寒气侵袭下,悄无声息地从冰沙状渐渐冻结成整个冰面。冬日的夕阳柔和地洒在冰面上,如同映照在磨砂玻璃上一样。对面即将倾倒的芦苇荡中,结冰的穗子沐浴着相同色调的阳光,但结冰的地方却冷冷地闪闪发亮。那种光线的明暗对比美得令人窒息,同时又令人怀旧与眷恋,我放下船桨,注视着这番美景。不久,抑郁症的朋友也赶了上来,一同看得入了迷。

大自然在漫长的时间中,将人造物和外来物种融合为自身的一部分,形成适于生存的环境。而"扎根"需要时间。归根结底,黑鲈鱼的问题重点在于,还远远没有协调好本来需要时间磨合的、与原生物种的关系。原生物种没有时间获得防御措施、进行进化,因此面临灭绝的危机。现代出现的几乎所有问题,都是轻视了给予时间、慢慢地等待成熟而造成的,以至于社会上那种"为时已晚"、近乎绝望的危机感越来越强烈……

这是真真正正的"危机"。然而,一旦悠闲地漂浮在水中,好像在把自己调音到大自然中,不可思议的是,我仍然感到了光明。生命是无常的，又是顽强的。

缓缓地疗伤，吸入透过阳光飘落的晴天雪花。

到底为什么那么焦急呢？

其实只要顺其自然，成为自然轮回的一部分就好了。

樱花树的枝头已经被鼓鼓的花苞染红了。到了春天，这里是独具风情的樱花树水道。而现在大雪仍在不断飘落。

隐国之水（一）

二十多年前，志摩半岛的某家酒店开业，或是改装开业，我看到了通知上夕阳的照片（据说是摄自酒店房间），忽然心动，进行了预约。当时我住在京都，几乎从未去过同样属于近畿地区的纪伊半岛，对半岛的地形地理一无所知（在山地开车，对地形地理的了解是何等地重要，当时我还没有机会积累经验；这是在我年轻时发生的事情），就出发了。大约傍晚能到吧，我模模糊糊地考虑着，当天中午才开车出发。毫无计划性，至今也如此。

从地图上看，从京都南下画一条直线到达海边，在中途向着正东方向，也就是九十度调转方向，应该马上能到达目的地。

我经历过京都和奈良之间的"奈良道"之一、二四号国道的拥堵，所以心中有数。我沿着木津河（逆着河流），慢悠悠地行驶。从伊贺山间流淌而来的这条河流，不久和从琵琶湖流出的濑田河变来的宇治河并流，加上岚山上河流汇集而成的桂河，成为淀河，流向大海。不过，从"奈良道"看不到河水并流之处。现在想来，我当时就喜欢遥想发源于不同地方的河流融汇在一起奔流的景象。

在橿原市附近左拐，进入群山环绕的凹地。周围的群山渐渐迫近而来，给人一种压迫感。再行驶一会儿，周边不再是凹地，而是群山。有时通过了开阔的山间村落，马上再次被深山环绕，只能看到小块的天空，那种闭塞感令人窒息。应该还是白天，可是夜色已经步步逼近了。落日的时间很早，朝阳升起的时间也晚吧。寒蝉鸣叫的时间应该也很长吧。

湍急的不知名的河流在杉树丛中时隐时现。从四处的山脊上流下的清水最终汇聚成一条河流。这一带林业繁荣，所以到处是杉树林，这之前是怎样的呢？我的思绪飞到了古老的万叶时代。这一带临近吉野。我感觉到不可思议的湿度，还有沉沉夜色，似乎伸手便会被拉入异界。

虽然我知道奈良南部、尤其是初濑附近由于其独特的阴气森森的深山，被称为"隐国"，但还是心中不安，车灯照亮的那弯弯曲曲的山路真的是国道吗？然后，车行至某处，突然道路消失了。一瞬间我不敢相信：不会吧！而后，心情马上沉重起来，果然还是没有路。其实在出发前，我注意到地图上一部分的道路是断开的，但是，只要这里连通，这条路线毫无问题。肯定是忘了标注上隧道什么的吧，我过分乐观地猜测着，然后稀里糊涂地就启程了。于是现在终于在当地弄明白了问题的真相。

我无可奈何地缓缓倒车，开入道路旁边岔出的没有铺修的小路，现在只有沿着这条蜿蜒曲折的小路下山了。无论如何都要开到对面的大路上去。但是，这条小路到底会通往何方？车头大灯无法照到的地方是沉沉黑夜。车两旁，树林的森森树影似乎在追赶着我。下坡又上坡，周边终于开阔起来，树林被我甩在了身后，路边出现了一家孤零零的杂货店。

我觉得当天已经无法到达目的地了，必须给预订好的酒店打电话取消房间。那个年代还没有手机（即便有手机，应该也没有信号）。我想借用一下杂货店的电话，于是停下车，走进店内。

一瞬间，我有种误打误撞闯入了异度空间的奇妙感觉。店内的商品：鱼干和鸡蛋，本子、铅笔和橡皮，杂志、橡皮筋和夹子，盐、米和点心，帽子和围裙，水桶、雨衣和雨靴……各种东西散发出的气息浑然一体，光秃秃的灯泡只扣着灯罩，放射出橘红色的光芒，而我就站在这样一个空间里。我如今完全记不起店内人的年龄甚至性别，但清晰地记着他借给我的沉甸甸的黑色老式电话高声播放着村内的有线广播。

这个村子，如同一个孤岛一般，在重重山峦的包围下与世隔绝。

我离开这个村子，沿着水流汇聚成河川奔流到大海的路线，终于下了山，开到附近的海边小城，在火车站前的商务酒店住下了。

这个小城叫松阪。当时的我没有预料到，二十年后，正好是去年的这个时候，我再度造访这个小城，在宫川划了皮划艇（宫川不直接流经松阪，但距离不远）。

我在宫川划船的时候，随着向下游划去、越来越接近大海，感到一种心灵挣开束缚的开放感。同时周边一带"隐国"的森森气息，令我还不能完全放下警惕，略感紧张。

这次我终于沿着纪伊半岛西侧（沿着熊野古道的大边路）绕了半圈，来到它的尖端，也就是本州的最南端。我沿着海岸线开车，山崖和海岸都近在咫尺，海洋性植物带来南国的气息。是由于黑潮吧。海风中带着黑潮的温暖。无论身处哪个国家，我对南部的海边总感到一种不可思议的眷恋与思念。

树林中留下了海风吹拂的痕迹，如同被巨大的手指梳理过一般。我进入了一个规模稍大的小城。这里的树林显而易见是防风林，古老房屋的屋檐低低矮矮的，这里风势应该很强劲吧。

我把车停在停车场，走向海边。在茂密繁盛的皱叶酸模草丛中驻足停留，辨认种子。和日本原生的皱叶酸模的种子形状不同，但这也是不错的种类。我的脑海中浮现出几种做菜方法。在国外的野草料理爱好者中，皱叶酸模是受热捧的植物。不仅是叶子，种子也可以食用。我喜欢把皱叶酸模的嫩芽当作莼菜一样使用，而在他们的食谱里似乎不存在（皱叶酸模的口感不适合西餐），在西餐中应该没有发挥了嫩芽滑溜口感的菜吧。他们钟爱脆脆的（crispy）口感，不喜欢像羊羹一样黏乎乎、粘牙的口感。煮米饭也像色拉一样爽口，或者像布丁一样黏糊，不会像日本的大米一样，在适度的湿气中互相黏着。以前在外国聊到日本的大米，我解释为："米一粒一粒站着。"对方觉得十分有趣，简直无法理解。当时的我还很年轻，虽然觉得不妥，

隐国之水（一）

但还是用英语直译成了"stand up"。如今的我会翻译成:"一粒一粒的米虽然黏着在一起,但各自独立,没有变成一块。"也许因为日本气候湿度高,日本人对富含水分的东西具有特别敏锐的感觉。今天也是多云潮湿的一天。

今晚住宿的地方是一幢木造平房住宅,如果采摘皱叶酸模,可以自己做菜。但是,由于那不是自己的厨房,也不知道厨房设施需要花多少工夫,因此放弃了这个念头。最近,我开始注意在旅途中尽量不要把精力消耗在预定计划外的事情上。海浪拍打着海岸。

我发现了白色珊瑚状的东西。我深信那是珊瑚,用力一捏,却四散开来。应该是一种海草吧。它的形状令人着迷。海水浸湿的小石子五彩缤纷、十分美丽,白的、绿的、红的、黑的。有的带着大理石的纹路,有的带着如同绘画一般的图形。我喜欢在海边找到这样的石子,给它的图形赋予故事情节。我家至今仍保存着从各地海边捡来的"有故事"的石子。

我怔怔发呆的这会儿,一起去划船的T和E也到达了停车场。

于是各自驾车去古座川的上游。从古座川的河口向着上游驶去,车窗外河水时隐时现,清澈透明。

停车的河滩一带被称为"一块岩石"。可以看到对岸一块宽五百米、高达百米的黑云母流纹岩,名副其实的没有裂纹的"一块岩石",气势庞大,令人倾倒。也许因为是火山性岩石,颜色呈黝黑的红铜色，在暗暗的岩石上到处绽放着白色花朵，十分醒目。但是我用十倍望远镜极目凝视，也看不清细节。大片的白花茂盛地开放在岩石上，那块岩石的环境应该很适合它们生长吧。感觉像落雪火绒草，但日本的品种都没有那么大朵。从那天开始，我在各处看到了蝴蝶花，因此也许那些是远远望到的蝴蝶花吧。

远远近近不时传来金袄子蛤蟆的鸣叫。

在水面上轻轻划动皮划艇，只见河底的石头如同罗马时代浴场瓷砖一般色彩鲜明，映衬出河水的透明清澈。山上是金毛新木姜子吧，鲜艳的新绿中处处点缀着闪耀白金色的米白嫩芽，引人注目。不断冒出、旺盛生长的感觉，"春山淡冶而如笑"，形容得恰到好处。像羊群一样啊，这是 E 的比喻。

我能感受到大山上新绿的芳香顺流而下，那是一种萌芽时散发的独特的浓烈芳香、甜甜的花香，楠木科似乎对自身旺盛的能量感到倦懒的香气。

T 伸手探入水中，说："好像甜甜的。"内琵琶湖的水由于是从山上流下来的雪水，现在还冷彻心骨。也许是的，这里前方附近流淌着黑潮。可是，甜甜的？手的触觉感受到了味觉，真是有趣。

划着划着，我注意到周围的凝灰岩和山石上有人脸和箭头的图形。这就是所谓的奇石怪岩吧。我听到了老鹰和山雀的鸣叫。我仿佛置身于中国的水墨画世界，一切都不可思议。我甚至想把这一瞬间裁剪下来，装裱成画（把皮划艇换成小船，帽子换成草帽），装饰在壁龛里。

在城市的家中装饰绘画，欣赏自然山河的磅礴气势。早在镰仓时代，人们就发明了壁龛，漫长的岁月流逝，壁龛得以保留下来，也许是因为古代人拘谨地生活在封建年代，需要时时在异度空间稍事休息吧。户内和户外，关闭和打开，如此循环。

与自然界一样，人们的精神世界也需要这样的放风处。

山雨欲来（其实后来的确下雨了），湿气渐重，在空中凝成小雨点，不时打在我的脸颊上。岩石黑影憧憧，如同用饱蘸浓墨的毛笔刷了一下。水流前方出现了数个巨大石桌般的岩石，罗蕾莱①似乎会坐在上面唱歌。像事先安排好的一样，鲜艳的黄色万年草花呈蝴蝶结状攀附在石桌上。星团似的烂漫盛开的小花，被优雅地摆放在祭坛上。

在左边，险峻的山崖延绵不断。暗褐色的凝灰岩有的像骷髅，有的像蜂巢。我想到一个词：奇石城（这种现象被称为Tuff，凝灰岩内部结晶的盐分在增长过程中，破坏岩石组织而形成的）。凝灰岩是火山灰形成的岩石，因此相对而言较松软吧。它也像群鸟筑的鸟巢。对面各种奇石怪岩，我们不时热烈地讨论"像什么"，"这是来自地狱的使者"、"这是鹦鹉"，等等。

这时候，眼前出现了高达数十米的藤蔓的罗帐。看到沉沉

---

① 日耳曼神话中，坐在莱茵河的巨石上唱歌迷惑水手的女妖。

下垂的粗粗藤蔓，T小声说："真想爬上去啊。"在我们的怂恿下，他下了决心，把船桨递给E，坐着皮划艇，两手紧抓藤蔓，开始攀爬。我睁大眼睛细看，不久皮划艇的船底从水面浮到了空中。"太厉害了！"在我们的惊叹声中，T再次降落到水面上来。

好壮观的藤蔓帷幕啊！盛开的紫藤花串儿偶尔散落在水面。"啊！那里有鲤鱼。"E说。是白色的鲤鱼。映照着阴沉天空的深水处，鲤鱼形状的白色物体在悠闲地游动，水面漂散着紫藤花瓣。白色的鲤鱼，是人工饲养的鲤鱼趁着河水泛滥之际逃到这里来的吧。"不，是野生的吧。"E回答道，他对这条河很了解。那么应该是白子型鲤鱼，我低头细看，但鲤鱼的眼睛好像不是红色的。

划着划着，只见前方的浅滩上伫立着一只苍鹭的幼鸟，正在捕捉猎物。人随着年龄增长会愈发显得老成威严，苍鹭也是越老越能长时间地伫立不动，如同雕像一般，显现出苍鸻和北绿鹭般的韵味。（这样看来，也许苍鸻和北绿鹭有些少年老成吧。）

这只苍鹭幼鸟还不沉稳，东啄西啄，来回走动。对我们的接近也似乎漫不经心，在距离约十米的时候，它轻舒翅膀、向着下游飞去。河流蜿蜒曲折，因此看不清它飞去的地方，不久前方又出现了苍鹭，我们一旦靠近，它又飞走，如此反复。我沉醉在周围景色中，无暇顾及。直到E说："那是同一只苍鹭吧。"啊，原来如此，我此时才意识到。也有几只苍鹭从低空飞

隐国之水（一）　　137

向上游，偶尔还有混杂着白鹭的鸟群飞过。只有这只苍鹭，一直保持相同距离陪跑一般，伴随着我们移动。这一定是一只年轻好奇的苍鹭。但它也畏惧过分靠近我们。

年轻人对未知世界的探求心是跨越物种的。这是一种本能吧。在他刚刚起步的"漫长的面对世界"的过程中，这样的学习关乎性命，因此不可或缺。随着年龄增长，这种探求欲望消失了。"了解未知世界"不再具有意义。这样的探求欲望消失，也意味着做好准备就此"成为世界的一部分而消亡"。作为生物提前进入了下一个阶段，仅此而已。也不必为此叹息。我想象着，如果自己到了那个阶段，一定会感到解脱、获得自由了。

"古座川的水也很干净，但流淌汇入这里的小河更清澈呢。"在古座川边的餐厅里，E向我介绍，并竭力推荐。我们从古座川上岸后，顺着小河边的山路向上游驶去。这是一条紧挨山崖而建的狭小古道。对面如果有车开来，很难通过，有一方必须一直倒车。左侧是山。羊齿草的同类——里白啦啦地吐出新叶。处处流淌着山泉水。右侧是山崖，可以俯瞰小河。对岸山上，绚丽盛开的紫藤花串儿从杉树树顶一直垂落下来，好像圣诞树的装饰（应该说七夕节吧）。下方是清澈见底的水流，即便从远处也清晰可见河底的石头。约三十厘米长的鱼儿组成鱼群，力争游向上游，如同诸侯出行队列，却优雅安静。时而，为了闪躲岩石，鱼儿扭身露出闪烁银光的鱼肚，稍纵即逝，如同刀剑一般。宫泽贤治的短篇童话《山梨》中也运用了同样的比喻，的确是银光一闪啊。我不由喃喃自语。远远地无法分辨鱼的种类，E说是雅罗鱼。

我们把车停在河滩上便于下水的地方，搬来皮划艇。遥望对岸，五月茂密的树木遮蔽在河面上，使得阴沉的天色愈发昏暗了。上方的树林更加茂密，似乎无路可通，但在光秃秃的高崖对面可见看到有一个祠堂似的建筑。那么应该是有路的。古老墓碑一般的石阶延伸至水中，然而细看却发现那不是石阶。

澄清的河水令人产生了错觉，仿佛石阶浮在空中。遥望过去，怎么看都是即将崩塌的石阶延伸到水中，但划动皮划艇，横穿小河靠近一看，原来是天然形成的岩石。因为位于上游，这一带有很多大岩石。湿漉漉的岩石气息，苔藓的气息，也许是插秧前的这个时节，充满旺盛生命力的沉郁五月带来的浓浓湿度造成的。天空也是阴郁欲雨。潮湿的岩石气息竟然如此触动自己的感官，仿佛从远古时代便已知晓，是前世，或是孩提时代，或是早已编排在日本人基因中的记忆。我深深地呼吸，用全身细胞细细体味。

从山上传来孩子们的嬉闹声。最初我并没在意，但四周寂寥无声，不由心生诧异：那是什么声音？要说是孩子们的嬉闹声，感觉有些奇怪。正想着，T说："咦，那是猴子的声音吧。"啊，猴子，原来如此。我默默点头，视线落到水面下。河水清澈透明，但也许是映照着周边绿植，数米深（因为其深度大于不到两米半的船桨）的河底高高低低，河水相应地呈现出深深

隐国之水（一）　　139

浅浅的翡翠色。但河底的沙石一览无遗。

我的小艇滑进微暗透明的绿色深潭处,如同误入异度空间,我感到一阵眩晕。忽然背脊发凉,起了一身鸡皮疙瘩。"这里好奇怪。"我划出去后,招呼T也划进来看看。"真的呢。""是吧。"我心中喃喃自语:"一定有什么在这里",但无法发出声来。也许是本能的恐惧所致。发出声来、让他人注意到时,那个魔性的东西会溜走。我与它之间的区别仅是一层肌肤。

青翠欲滴的深潭水镜。

隐国之水（二）

为了游览瀞峡，熊野河的上游、北川河上，有不少喷气船来往。听说不仅噪音大，而且喷气船造成的波浪危及皮划艇，因此我想尽量避开它们出没的时间，但最终还是无法回避。因为喷气船清晨早早就开始运营了。

去那里的途中，行车在紧贴着陡峭山崖的伐木小路上，俯瞰幽深的峡谷。我深深依恋清晨大山的气息，尽情地呼吸、吐故纳新。

瀞峡，光看字面，不由令人心生几分畏怯。再一细看，三点水加静字，就是说水流缓慢的地方。尤其这一带河水更深吧。想象一下两岸断崖绝壁的九州高千穗峡就知道了。

附近的河滩应该是喷气船的中途停靠点，游客们纷纷下船合影。我们把皮划艇和船桨随意搬运到适合下水的地方，朝着上游划动起来。喷气船马上追赶上来了，啊，浪头打过来了。我按照别人的指教，正面迎上，将船头直角对准浪头。皮划艇用力撞上了浪头，上下颠簸。原来就是这样！当时觉得应该没问题，但没想到浪头不断打来。我没有感到危险，显而易见 T 很享受这样的冲浪。在行程结束时，我甚至骄傲地想：这次的波浪没什么大不了的。但喷气船的噪音的确破坏了周边的寂静。我再次深深地感到,皮划艇不用汽油,不会造成水污染,也没有马达声,确实是自古以来优秀的交通工具。

喷气船不来的时候,真是一片寂静。

由于四周环绕群山,各种声音通透优美,鸟鸣声如同加了颤音一般,悠长空灵。人的声音也如此,即便小声说话,在远处的皮划艇上也能听得一清二楚。

高中时,在兼作茶道部活动室的日式房间里,挂着名为《幽峡》的字画。我曾负责打扫那个房间,但往往顾不上打扫,沉醉于欣赏那幅书法。书法的后面画着云雾缭绕的山河。我有时没事就跑到那个房间,不厌其烦地注视着(当时,我也同样狂热地喜爱奈良中宫寺的半跏思惟像;曾在暑假去奈良,坐地凝视数小时)。如今没有当年的那份狂热了,但是仍被这种"边缘物"的魔力深深吸引。

溪涧瀞峡正是我想象中的"幽峡",只要没有喷气船的话。(喷气船上的游客们也许同样会觉得遗憾:"啊,如果没有皮划艇的话,多好的深山幽谷景致啊。"彼此彼此。迎面交错而过时,游客们对我挥手,我也报以微笑,并挥手回礼。)

断崖上方的山杜鹃花开满了优雅的粉色花朵。E说明道:"下游的河水更清澈呢。由于水坝的原因,上游的水反而浑浊。"虽然我不觉得河水浑浊,但一听说明,也觉得如此。

新宫作家佐藤春夫关于水坝建成之前的瀞峡——正巧也是

这一带,如此写道:

> ……从新宫用普通的小舟溯流而上,需要整整一天半的时间。但如今来源于一个船上挑夫不经意的想法而发明的螺旋桨式船可以四小时左右到达。忽然,眼前展现出一派新天地,河水停止了流淌,形成一个深潭,两岸矗立着高达数丈的巨岩连绵不断。河面宽五六十米,河水清冽,水底的岩石和鱼影如同被封入巨大的玻璃板中一般,清晰可见。清高而不媚俗。这般境界如同其名,大约有八个街区的长度。偶尔从上游漂来长长的竹筏,不见动静,因此并不损害自然的风趣。杉树、桧树新绿繁茂的时节,巨岩处处点缀着山杜鹃花。据说如果溯流越过一个河滩,上面是上瀞峡,景致更加出众。
>
> ——《日本地理大系7近畿篇》

山杜鹃盛开在山崖处处,这一点与当年无异。但竟然在昭和初期就有了螺旋桨船,是不是像摩托艇一样的呢?如果答案是肯定的,那么噪音跟喷气船应该半斤八两。便捷与优雅是无法并存的。但是河水的清澈程度似乎是当年更胜一筹,那时都可以看到数十米深的河底。那是怎样的感受?通过古座河的支流小河的体验,我隐隐可以感受到,脊背阵阵寒意。在此再引用佐藤春夫关于瀞峡的另一篇文章。

隐国之水(二)

瀞八丁将太古时代山水的模样保留至今，这般纯净的风景实属罕见。流淌在溪涧底部的清流深深地冲刷雕琢着山谷，如同在反省沉思以往奔放过激的行为一般，沉静得好像镜面。河水澄澈，在数十米深的水中嬉戏的鱼儿也似乎触手可得，鱼儿又好像发晶里的水草。我想吓唬一下悠闲自在的鱼儿，于是从小船边抛下一块小石头，石头摇摇晃晃地落下。四周静籁无声，过了片刻，听到小石头掉落河底的轻微撞击声。除了山上小鸟的啁啾，万籁俱寂，如同梦境一般宁谧安静的世界。待到两岸山花烂漫时，在山里住宿的清晨，忽然想到倾听黄莺鸣叫的季节将从这里开始、蔓延开去。

——《记瀞八丁》

广阔的河滩也是老式木船的码头，我们停下皮划艇，在此稍事休息，身后的树丛里传来黄莺的啁啾声，啁、啾、啁、啾……听着它努力地重复，我不由莞尔，又心生钦佩。它在练习鸣叫。但是，这样练习它什么时候才能进步呢？我想着，忽然传来清脆响亮的一声，啁啾！好像它在说：看！这个部分我能唱好，已经学会了。然后它恢复了缺乏自信的声音：啁、啾、啁、啾……

原来如此，虽说鸣叫是本性，但并非一开始就擅长。离巢的雏鸟怯生生地进行飞翔的练习。我们想当然地认为：鸟都会飞，身体构造决定它们会飞。但我现在认识到：谁都有初学的阶段。不过，不管如何努力练习，猫终究不会飞翔。也没有见过练习飞翔的猫。也就是说，想练习飞翔、想飞起来，在这个时候，就已经具有飞翔的天分了。

划过深潭后，河滩上开始水声隆隆、水花飞溅。哎呀呀，我提心吊胆，但E却超到我的前方，一边后退划行，一边试图拍摄我的表情。我看着他的笑脸，想道：对于闯过四级河滩的他来说，这里就像孩子稀里哗啦地跑过小水坑一样吧。

在深潭处，周围群山迫近，猴子们行走在断崖之上。划着划着，出现了河滩，群山渐渐后退，在悠扬宏伟的风景中，河面也慢慢显露出大河的威严沉稳。周边渐渐开阔起来，这种开阔感会一直延续到大海吧。

在上游的山谷开始划船时，仄仄狭小的天空到了此处变得辽阔。缓缓流淌的云影从山的那边飘来，又渐渐消失。周围基本看不到人迹。这样的景色不会永远继续下去，那么这种宏伟的感觉呢？我闭上眼睛，调整身体与意识的相位，深深吸入周围的气息。

如果说连接大城市、城镇和村庄的国道是交通的大动脉，那么伐木小路则是毛细血管，渐渐地并流到大路上去。流淌的河流是血液。大河是大静脉，吸收陈旧废物，循序净化。从山岩上渗出涌出、穿行在林间的清流则是毛细血管。我的肌肤会呼吸，树叶进行蒸腾作用，泥土中也蒸发出腾腾水汽，形成云朵，呼风唤雨，我的肌肤感受到细微的水分子。在多重作用下，互相影响，促进循环。作为一个生物，我感受到这一切，并品味着这种喜悦。

在某一条河上长时间划船，我会渐渐了解河的性格，以及水坝等河流管理问题、周边的森林环境问题。虽然相隔距离并不远，但古座河与熊野河性格迥异。不过用更大的比例尺来看，都可以被归纳到"纪州的河流"中。如同个人，可以以家人、家族、地区和国家等来分类，有个性，也有共性。

部分与整体密不可分。需要谛视自己生存的这个世界、这个部分，善待这个世界，因为这里终将是自己的归宿。

最近，我最在乎的是，在内心深处多大程度上可以接受自己属于这样的循环的一部分这个事实。在不断循环的世界万物之中，总有一天，这样的思想也会返还于自然。在头脑里理解与作为整体参悟，大不相同。这并不可怕。在放弃执念的同时，也获得了心灵的宁静，获得了解放与超脱。一定会如此。那一瞬间，我不是从理论层面，而是自己深切领悟到了，如同晴天飘落的雪花一般。

喷气船不来了。另一只黄莺开始鸣叫。群山已经后退到远方，因此没有近距离的临场感，但从远处可以听得清清楚楚。这边的黄莺似乎已经精通了鸣叫的技巧。叫声自然婉转，与周边融为一体，并不刺耳，不慌不忙，似乎黄莺已然领会到了鸣叫的真谛。

但我却有些许寂寥。

形单影只、默默伫立

大麻鳽是一种大型鹭鸶，在鸟类图鉴中看到时，只觉得容貌可怕，不感兴趣。但因《森林的生活》而出名的梭罗所写的河流合集中，关于大麻鳽的描述却十分精彩。我看了以后，决心要亲眼见见这种鸟。

这种鸟遇到危险，往往会伪装成木桩。它会伸长平时短小的脖子，使得鸟喙、脖子、胴体到下巴（算是下巴吧，或是相应的那个部位）呈一直线。梭罗乘船游览，同乘的朋友指着前方斜斜的木桩，让梭罗用望远镜确认是不是大麻鳽。梭罗半信半疑地用望远镜一看，果然是大麻鳽。于是，梭罗如同比拼忍耐力一般，一动不动地盯着木桩。十五分钟后，木桩终于发出鸣叫，恢复大麻鳽的原形，振翅飞走了。

能假装木桩长达十五分钟的耐力，实在令人钦佩。梭罗说："形单影只地默默伫立，那是大麻鳽的本能。"

在B湖的芦苇荡里也应该能发现大麻鳽。根据记载，由于对芦苇荡的开发，其面积急剧缩小了，理所当然大麻鳽被发现的次数也剧减了。据说昭和初期，在北海道的美美河周边，由于大麻鳽的叫声扰人（类似牛叫），人们夜晚也无法入睡，但现在它们却濒临灭绝。

我住宿在工作室的第二天早晨,晨雾笼罩的湖面浅水处,一只苍鹭如同路标一般伫立着。苍鹭不会伪装成木桩,但会一动不动、化身为雕像。

鸟喙平平地平行于水面,看似不在寻找脚下的鱼儿,竟然有几分神话般的象征意义。没有鸟儿会这样,独处时的样子与群居时的样子截然不同。

在各地,苍鹭的数量似乎不断在增加。在网走、熊野,在这儿都看到了。大麻鳽一定有一个举足轻重的不同点,是捕猎的能力吗?具有对环境的适应能力,意味着不拘小节、粗野豪放的性格,大大咧咧、反应迟钝的状态。抗压能力弱的种群必定遭到淘汰。有人认为这种细腻敏感的种群是善良温和的,这种看法太过拟人化,令人厌烦,但终究还是凶暴精明的种群能生存下来,迎来下一个春天。谁都无法逃脱这样的命运。这种格局本身不可改变。

我只是随意地思考着,但结果还是心情沉郁起来了。最近,无论考虑什么问题,最终都得出这样的结论。这不是一时间的气愤悲哀,而是一种可怕的闭塞感,仿佛被细长透明的钓鱼线渐渐束缚起来。不管我写什么,都看到不到未来的出路。然而,又不是什么简单的新兴宗教,充满希望的未来是否可信呢?啊,没有别的路了吗?我忽然回过神来,发现周围一片寂静,我孤独一人。

夏日的水边。

暑假空气中弥漫着的开放感与炫目的紫外线，还有一缕不安，仿佛一切转瞬便会翻脸成可怖的"恶魔"。虽然无法看见，却能感到它的飞扬跋扈。苇莺和大苇莺在芦苇荡鸣叫，如同盛夏的寒蝉与蚱蝉一般狂躁。那完全不是"小鸟的啁啾声"。这种异常疯狂、满满溢出的能量，来自于水边深处蕴含的生命力。

从工作室沿湖走不到一小时的地方，有一条小河，水流汇入湖里的河口处宽仅十米。向上游走一点路，有一个小池塘。准确地说，这不是一个池塘，蜿蜒曲折的小河形成了一个月牙形的湖，水流歪到一旁，像《小王子》中的"吞象大蛇"一样的形状。这一带远离村落或观光地，平时偶尔有干农活的轻型卡车经过，人迹罕见。

有一次，偶然开车经过河上的小桥，看到一对脸部白色的水鸟从上游游过来。我不能急刹车，通过以后，在脑海中反复回味那个影像。大雁？不会吧。大雁是冬天才出没的鸟。比大雁更小，身体是黑色的。但是，脸部中央呈白色，像歌剧魅影中怪人的面具一般。从嘴角到鼻梁，不，看那个厚度，应该是到额头。在夏天出双入对、白色额头的鸟……我的大脑自动进行分类，最后得出结论：那是大鹬。

我竟然是初次见到游（浮）在水面的鹬。第一次看到鹬，是在英国的"百亩森林"边，对，《小熊维尼》作者米尔恩的山庄所在村落的农户院子里。院子一直通往沼泽地。因为在院子

形单影只、默默伫立　　149

里，我开始以为是鸡，但那种保持前倾姿势、全力奔跑的气势是鸡所没有的。查了鸟类图鉴，我才知道那是鹬。为什么那样拼命地跑呢？之后我又看到过捕食中的鹬，完全忘记了它们是会游泳（浮水）的鸟类。在我的印象中，它那粗大的鸟爪与整个身体相比，显得很不协调，强壮有力地阔步行走、啄食。

在前文说到的人迹罕至的小河附近，听说一对大鹬夫妻筑了巢。我并没有跟踪狂一样的热情，不看到它们的鸟巢不死心，但是如果偶然能遇上，实属幸运。我这么想着，时时去那儿附近转转。

我穿上了雨鞋和防虫外套，脖子上挂着望远镜，在它们可能出没的地方，四处游走。一旦遇上了同样阔步行走于草丛中的面具夫妻，相见的喜悦令我一瞬间快窒息了。鹬与秧鸡的种群没有虎头海雕和白尾海鸥那么威风凛凛，也没有翠鸟那种令人惊艳的美丽，更没有针尾鸭那般优美的身姿，但它们却具有一种自然的力量美。我一旦发现它们，就如同遇上了自己最崇拜的偶像明星（也许吧，在我的人生中没有经历过这样的阶段，至今为止），感到无比喜悦。鹬粗犷有力地脚踩地面，大步迈进。我屏息叹道："鹬太棒了！"

天空忽然阴沉下来，周边昏暗起来。如在室内，一定看不清手上的书，窗外的绿色瞬间浓重起来，我一定会起身打开电灯。在远处隆隆滚动着干雷声。我喜欢夏日午后的这种感觉。但是，现在我身处野外，没有雨具。快回到车上，避避雨吧。

我预感大雨随时来临，却迟迟不下。大鸊们也似乎没有意愿回到鸟巢里去静静避雨，于是我也继续用望远镜观察。大鸊和鸊很好区分。大鸊，如同其名，体格庞大；鸊的额头则是红色。红白的颜色差异是区分它们最好的标记。

终于，雨点稀稀拉拉地掉下来了。我悄悄走到岸边附近的圆叶柳树下，从背包里取出简易式折叠椅。我喜欢这一带，这棵树出乎意料地枝叶繁茂，正好可以避雨。而且行人从路上基本看不到我，这令我感到放松。拿出椅子坐下一看，大鸊们却消失了。去哪里避雨了吗？

我怎么办呢？回去吗？但是，雨水打在水面的景象十分优美，也可以听到雨点敲击在如同帐篷般的圆叶柳树上。虽然这个帐篷有时候会漏雨。如此呆坐了半晌，视线落在了左侧草丛边稀稀拉拉的芦苇荡上。嗯？我感到诧异，再次细看。在芦苇荡后面，有一只类似鸬鹚的鸟弓着背、蹑手蹑脚地走着。要说是鸬鹚，它的颜色却是类似泥土的保护色。是苍鸨什么的幼鸟吧，我呆呆地想着，忽然脑中灵光一现：啊，是大麻鳽！

大麻鳽——日语的汉字写作"山家五位"。苍鸨的颜色是蓝灰相间、深浅有致的，它是气质优雅而都市化的，与之相较，大麻鳽是混杂褐色和黑色、类似鹌鹑的颜色，十分朴素。我悄悄地用望远镜观察。啊，没错。黑色帽子。它走过来了。我想保持不动，无奈望远镜的带子微微晃动了一下。刹那间，它伸长了脖子，全身斜侧僵直了，化身为"木桩"。

我无法相信自己是如此幸运。如果旁边有人，一定会扭头相视。但是独自一人，只能深深吸气，瞪大眼睛，静止不动。雨，越下越大，但还不是倾盆大雨。我避雨的这棵柳树的枝叶勉强能覆盖到化身为木桩的大麻鳽身上。在其他地方一定会淋湿的。我们竟然在同一棵树下避雨。那么，它能这样一动不动地坚持多久呢？

啪啦啪啦，雨点打在重重叠叠的枝叶间，在各处此起彼伏地响起。它继续假装木桩，令人觉得可怜，不忍直视。雨势减弱。我的眼角余光似乎看到它的脖子后面微微一动，它瞬间恢复了大麻鳽的样子。我假装没有看到，保持静止。它也纹丝不动。

在面临危机时，它总是保持不动。一动不动，任时间流逝。大麻鳽只不过在坚持自己的方法而已。

无论是谁，都会给予我启示。这往往不会有错。我不由身体一振，那一瞬间，大麻鳽忽然展开大得惊人的翅膀，腾空而去。啊，原来还有这一招啊！我抬头仰望，忽然感到在出乎意料的地方找到了出口。

在归途的车上，不经意间望向湖面，只见那里悬挂着大大的彩虹，如同夏日清晨刚刚盛开的牵牛花，鲜艳却虚无，仿佛从远古时代开始就在那里了。

雨还在下，天空却明亮起来了，阳光透过云隙洒下来。

引用文献

《阿伊努神谣集》（知里幸惠著，岩波文库）

《水之乡》（格雷厄姆·斯威夫特著/真野泰译，新潮社"顶峰书系"）

《阿拉斯加 光与风》（星野道夫著，福音馆星期日文库）

《苏格兰民间传说与传奇故事》（乔治·道格拉斯著/松村武雄译，现代思潮社古典文库）

《柳林风声》（肯尼斯·格雷厄姆著/石井桃子译，岩波书店）

《海滨乌鸦岛》（阿斯特丽德·林格伦著/尾崎义译，岩波书店）

《河野裕子诗集　步行》（青磁社）

《日本地理大系7 近畿篇》（改造社）

《记瀞八丁》（选自《校订本 佐藤春夫全集》第34卷，临川书店）

后　记

时隔许久，为了出版文库版，我再次校阅了本书。

现在我几乎完全移居到了东京，在 B 湖湖畔与皮划艇相伴的日子渐渐远去了。即便如此，仍一如既往地喜欢待在天空下或水边，接触野生动植物。

在山中散步时也感到：只有放慢脚步，才能感悟到世界的"丰富"。发现躲藏在落叶背后的蘑菇，找到刚刚产下的螳螂卵，看到仅在书本上见过的植物。如果匆匆行路，一定会错失这些机会。也不能骑自行车，更不用说开汽车。主体的移动速度越快，主体能感受到的世界越单薄。时而驻足停步，静静地伸出五感的触角，注意不搞乱各种感官构成的整体，缓缓地开始起步。旁人看来，我似乎极度放松，其实在内部保持紧张。——也许我只是太高兴了，以至于心情激动。

我对爱好的皮划艇也是如此（当然其他类似体育运动用的皮划艇更便捷吧，但不适合我，我也能力有限，无法驾驭）。

本书中出现的"编辑 K"为了出版文库版，很早便希望我再度修订本书，其实我有些迟疑。也许我一直感觉封印了一段重要的记忆。

我读着读着，那个世界再次鲜活直接地出现在了我的感觉接收区中。我无法抑制那种冲动，渴望再次漂浮在水上。啊！我忽然意识到：至今为止我不想重读本书的原因是，理智告诉我应该把日常生活的精力放在其他工作上。

我对皮划艇的狂热卷土重来了。

2010 年 8 月 31 日　梨木香步

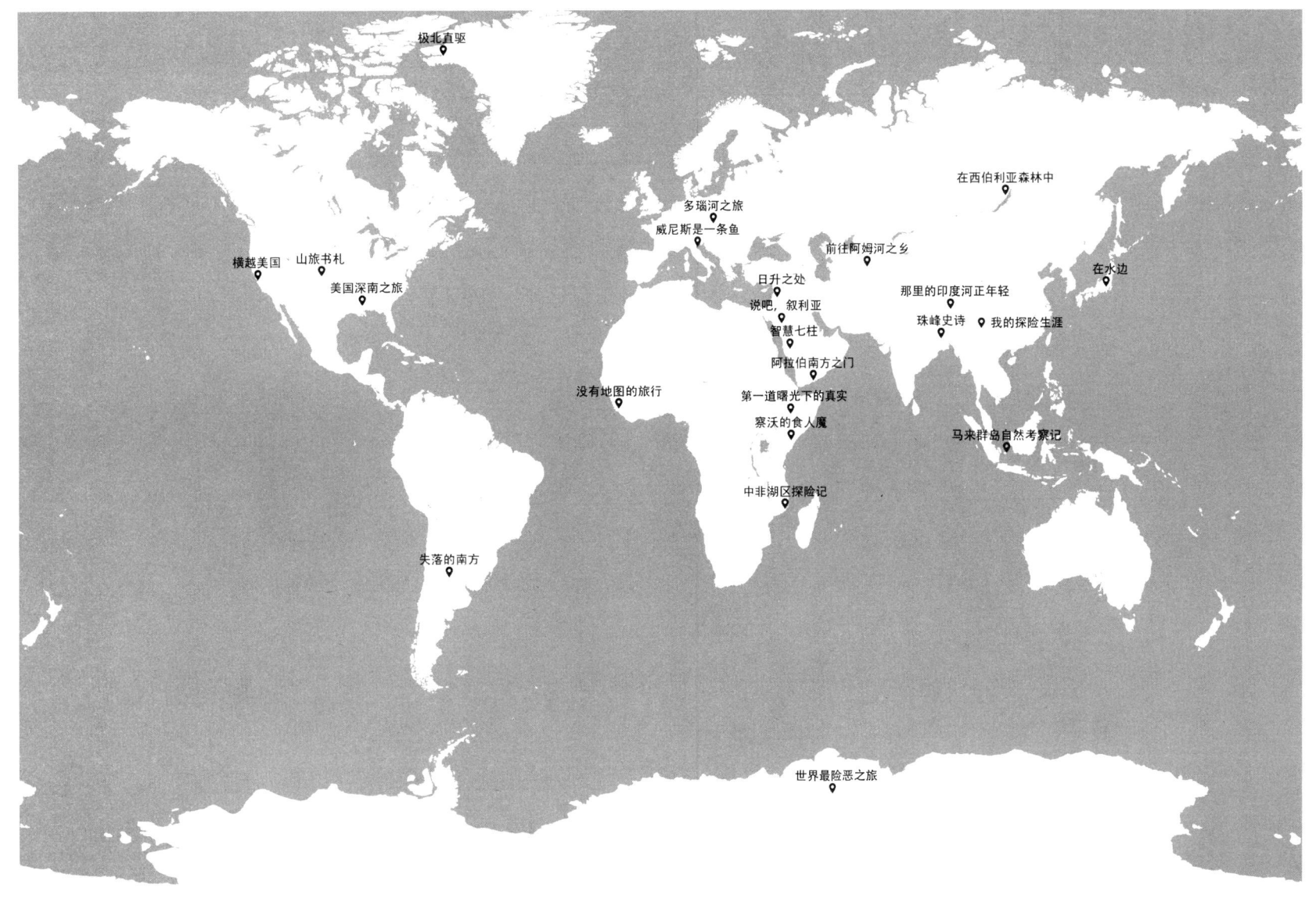

世界是一本书，不旅行的人只读了一页。

极北直驱　　　　　　山旅书札　　　　　　世界最险恶之旅

察沃的食人魔　　　　墨西哥湾千里徒步行　　智慧七柱

横越美国　　　　　　没有地图的旅行　　　　日升之处

马来群岛自然考察记　在西伯利亚森林中　　　那里的印度河正年轻

前往阿姆河之乡　　　失落的南方　　　　　　我的探险生涯

中非湖区探险记　　　多瑙河之旅　　　　　　第一道曙光下的真实

阿拉伯南方之门　　　威尼斯是一条鱼　　　　在水边

珠峰史诗　　　　　　说吧，叙利亚　　　　　美国深南之旅